雨花忠魂

雨花英烈系列纪实文学

红骨

黄励烈士传

雪 静 著

江苏凤凰文艺出版社

图书在版编目（CIP）数据

红骨：黄励烈士传 / 雪静著. — 南京：江苏凤凰文艺出版社，2017.7
（雨花忠魂：雨花英烈系列纪实文学）
ISBN 978-7-5399-9403-1

Ⅰ. ①红… Ⅱ. ①雪… Ⅲ. ①纪实文学－中国－当代 Ⅳ. ①I25

中国版本图书馆 CIP 数据核字(2016)第 325257 号

书　　名	红骨：黄励烈士传
著　　者	雪　静
责任编辑	黄孝阳　聂　斌
出版发行	江苏凤凰文艺出版社
出版社地址	南京市中央路 165 号，邮编：210009
出版社网址	http://www.jswenyi.com
印　　刷	江苏凤凰通达印刷有限公司
开　　本	880×1230 毫米 1/32
印　　张	5.875
字　　数	155 千字
版　　次	2017 年 7 月第 1 版　2017 年 7 月第 1 次印刷
标准书号	ISBN 978–7–5399–9403–1
定　　价	28.00 元

（江苏文艺版图书凡印刷、装订错误可随时向承印厂调换）

"雨花忠魂·雨花英烈系列纪实文学"
丛书编委会名单

王燕文　徐　宁　张亚青

万建清　范小青　韩松林

汪　政　张红军　问海燕

信念之光　民族脊梁

中共江苏省委书记　李　强

南京雨花台，是一处历史名迹，更是一个革命圣地。它风光秀丽，历代文人墨客在此留下吟哦诗篇；它壮怀激烈，众多先贤志士在此演绎壮丽人生；它记忆殷红，无数革命先烈、共产党人在此献出宝贵生命。近现代以来，在雨花台英勇就义的革命烈士中留下姓名的烈士就有1519名，他们的事迹展示了中国共产党人的崇高理想信念、高尚道德情操、为民牺牲的大无畏精神。

习近平总书记在中国文联十大、中国作协九大开幕式上指出："祖国是人民最坚实的依靠，英雄是民族最闪亮的坐标。歌唱祖国、礼赞英雄从来都是文艺创作的永恒主题，也是最动人的篇章。"江苏省委宣传部、省作家协会组织编写的"雨花忠魂·雨花英烈系列纪实文学"丛书，以真实的人物故事，生动诠释了雨花英烈信仰至上、慨然担当、舍身为民、矢志兴邦的革命精神和英雄壮举。恽代英、邓中夏、何宝珍、施滉、徐楚光、陈原道等，这一个个英烈，是不灭的火种、不朽的丰碑，闪耀着革命信念的光芒，挺起了民族不屈的脊梁。"雨花忠魂"丛书，是深沉的革命历史见证，是深厚的红色文化传承，是深刻的思想教育启迪，展现了江苏作家对革命历史的正确认识、对雨花英烈的景仰之情、对弘扬社会主义核心价值观的自觉追求。

现在，江苏发展已经站在新的起点。全省上下正在深入学习贯彻习近平总书记系列重要讲话精神和治国理政新理念新思想新战略，按照省第十三次党代会提出的战略部署，积极投身"聚力创新，聚焦富民，高水平全面建成小康社会"的崭新实践，加快建设经济强、百姓富、环境美、社会文明程度高的新江苏。伟大的事业需要伟大的精神。我们缅怀雨花英烈，就是要学习他们的高尚品质和不朽精神，从中汲取养分与力量，砥砺全省人民朝气蓬勃地迈向未来；我们弘扬雨花英烈精神，就是要在高扬爱国主义主旋律、践行社会主义核心价值观的实践中，引导人们坚定对中国特色社会主义的道路自信、理论自信、制度自信、文化自信，努力创造出无愧于时代的崭新业绩，以此告慰那些为民族解放、国家富强和人民幸福而英勇献身的革命先辈们。

目　录

001　饥寒交迫的童年
007　少女的成长
016　武昌中华大学的新女生
028　成为党的女儿
039　茫茫大海遇知音
047　莫斯科中山大学
065　腥风血雨上海滩
073　不知疲倦的"黄铁匠"
083　白色恐怖下的营救
093　爱人杨放之被捕
101　营救牛兰夫妇
109　临危受命
118　被叛徒出卖
124　被捕入狱
134　捍卫灵魂的高贵
142　被征服的"红色信使"
148　女告密者
154　策反案
164　红骨埋在雨花台
178　参考文献

饥寒交迫的童年

　　1905年的湖南益阳，一个贫困的黄姓家庭中又添了一个女娃，女娃出生时就显出了娇好的面容，母亲为其取名黄丽。

　　黄丽的出生并没给身体羸弱的父亲带来丝毫的喜悦，他希望出生的孩子是个传宗接代的男娃，他已经有了一个女娃了，特别渴望命里得一儿子，想不到老婆又为他生了第二个女娃，连续两个女娃的到来，使他在家族中的地位下降，同时也使家里的柴米油盐更加吃紧。

　　"不孝有三，无后为大"。

　　难以接续的祖宗香火让这个老

实巴交的男人垂头丧气，以致连鞭炮也没放一响。

益阳是个盛产鞭炮的地方，逢年过节、红白喜事，鞭炮都要响上几响，噼噼啪啪的鞭炮在空中炸响，迎接喜神财神已经成了当地百姓生活中的乐趣。

黄丽的父母就是靠做鞭炮维持一家人的生计的，可她出生的时候，却没有听到喜庆的鞭炮，因为自己的女儿身并未受到家父的欢迎。

饥饿、白眼、冷落……像黑暗的种子撒在黄丽幼小的心田，让她的身体在拔节时就有了一种逆天的反抗，这情绪悄悄浸入她的骨髓，浸染左右着她的心灵，使她的性格在渐渐形成的过程中趋于倔强，同时又机灵得令人喜爱。

最喜爱她的莫过于舅舅。

黄丽抓周时，舅舅来了。

舅舅在湖南益阳生活得还算富裕，是个靠手艺吃饭的体面人，他每次来看妹妹都给孩子带些糖果，这次他还带来了纸笔，因为外甥女小黄丽要抓周了。

舅舅把糖果和纸笔放在桌上，开心地逗着小黄丽。

妈妈怀抱着小黄丽，小黄丽的一双眼睛在桌上看着，那眼睛干净透明得就像一汪清水，小嘴巴呀呀咦咦嘀咕着只有她自己才能听懂而大人们丝毫听不懂的话，她的两只小胳膊在妈妈的怀里挣着。

全家人的神经都高度紧张起来，一双双眼睛使劲盯着黄丽的小手究竟要伸向哪里。

舅舅特别希望小外甥女按着他的意图抓住纸和笔，如果她真的有灵气，他会供她读书，在他眼里男娃女娃只要聪明爱读书，都是好娃子。自古女娃能干成大事的不少，重男轻女的乡风民俗往往是一种偏见。

妈妈更希望这个不招爸爸喜欢的小女娃能讨舅舅欢喜。

父亲则一副无所谓的神情，不管小女娃抓到什么，她都是个不能接续香火的女娃子。

姐姐的神经格外紧张,如果妹妹的小手抓了糖果,那她的糖果就会少了一份,她要让着妹妹。

这时,妈妈怀里的小黄丽突然两手使劲往前一挣,她好有劲呀,差点将妈妈拽了个趔趄,她飞快地摸起了纸和笔,笔在她的手里似显得太重了,她的小手还拿不住,刚刚抓起来就掉在了地上,啪的一声响,小黄丽被这响声吓哭了。

这时,房间里突然响起一个男人开心的大笑,他不光笑,还大声拍起了巴掌,他就是黄丽的舅舅。

舅舅欢喜地说:"这外甥女,将来指定有出息,她不喜欢糖果,却喜欢纸和笔。"

还有一个欢喜的人,那就是黄丽的姐姐,妹妹不喜欢糖果,桌上的这些糖果就都归她了,她伸手将糖果抓进自己的衣服口袋里。

舅舅叹息道:"都说三岁看小,七岁看老。我小外甥女刚刚一岁,就让我看出了她的心胸,一个女儿家,难得有出息呀!"

坐在一旁抽闷烟的黄丽爸爸突然站起身,掐灭了烟筒的烟说:"女娃子,再有心胸也派不上大用场,养大了也是别人家的媳妇。"

妈妈终于忍不住了说:"自从这小女娃出生就没看过你的好脸色,要不咱干脆把她扔到大街上算了,谁愿意拣谁拣,哪怕喂狗。"

爸爸冲妈妈嚷起来:"那你扔去,你扔去呀!"

舅舅从妹妹怀里抱过小黄丽说:"妹夫可别这么说,古代干成大业的女子多着去了,武则天不就是个女的嘛,人家还当了皇帝呢。"

黄丽的父亲不屑地说:"穷人家的娃咋好跟女皇帝比呢,再说历史上不就一个武则天嘛。"

舅舅又说:"那古代还有替父从军的花木兰呢,谁敢说小黄丽就没有花木兰的抱负呢。"

父亲忧心重重道:"还花木兰呢,她能长成木兰花就不错了。"

父亲说罢使劲咳嗽起来。

父亲的担忧不无道理,在那个年代,穷人可说是饥寒交迫,一个生命的出生并不代表能健康成长，贫病交加、半路夭折的孩子太多了，"朱门酒肉臭，路有冻死骨"就是人间的真实写照。

小黄丽会不会成为路边的"冻死骨"呢？对穷人来说，未来都是不可预测的。

舅舅未再顶撞妹夫，他的咳嗽令他无比担心，现在妹夫是家里的顶梁柱，一旦他的身体彻底垮下来，将来两个外甥女谁来照顾抚养呢？

舅舅离开妹妹家时心情是沉重的，他拉着小黄丽的手亲了又亲，他看到妹妹依依不舍的表情还有眼睛里溢满的泪水。

舅舅安慰妹妹说："妹夫的病也不用太着急，慢慢养吧，过段时间我再来看你们。"

小黄丽在舅舅转身的刹那间，突然放声大哭，她幼小的心灵似乎知道，这个要离开她家的亲人是最喜欢她的人。

舅舅停下脚步，转回身，望着大声嚎哭的小黄丽说："等你长大了，舅舅供你上学去。"

但小黄丽还是拼命地哭，好像要让舅舅永远记住她的哭一样。

小黄丽在饥寒交迫的生存环境中渐渐长大，她比同龄人更机灵也更倔强。

她三四岁的时候，就知道给做活计的妈妈拿小板凳。

她五六岁的时候就跟姐姐一道帮妈妈洗菜。

她从来没有新衣服穿，都是别人家穿旧的衣服再经过妈妈的巧手改制穿在她的身上。

逢年过节，有钱人家放鞭炮煎炒烹炸香味飘飘，她只能在自家嗅着从窗外飘进来的香味，她们家的饭菜总是稀饭咸菜，即便这样，也只是饥一顿饱一顿，吃了上顿饭就发愁下顿饭了。

这样的日子在小黄丽七岁那年到达了顶峰，多年患病的父亲去世了，母亲从此成了寡妇，一个寡妇带着两个女儿过日子，凄凉的情景可想而知。

小黄丽眼看着妈妈扯着白茬木棺材哭得死去活来,她粗糙的两手使劲拍着棺材,不让人抬走。

小黄丽和姐姐跟在妈妈身后,她们扯着妈妈的衣襟大哭,在棺材被抬起的一瞬间,小黄丽忽然意识到爸爸再也不可能回来了,爸爸永远躺在棺材里了,她再也见不到爸爸了。

小黄丽哇哇哭出了声,尽管这是一个不喜欢她的爸爸,可有爸爸总比没爸爸好呀,谁希望自己没爸爸呢?

世上最残忍最冷酷的事莫过于让一个生命消失,痛惜父亲生命消失的母亲已经哭得脸色惨白,泣不成声……她拼命奔跑着,追着被人抬走的棺材,时而奔上前拍打两下,时而又被人拉开,她的头发蓬乱着,像拃着翅膀的黑鸟,她脸上的五官早已被泪水淹得七扭八歪了,模糊得分不清鼻子和嘴巴的位置了。

这时老天又下起雨来了,哗哗啦啦的大雨像是为母亲的哭声伴奏。

小黄丽模糊地看到母亲在雨中奔跑,她一边用手拍着棺材一边嘶哑地喊:"当家的,你给我回来! 你给我回来呀! 你扔下我们娘几个该怎么过呀? 你好狠的心啊! ……"

小黄丽和姐姐也跟着妈妈奔跑,她们随妈妈在雨中呼喊:"爸爸,你回来呀!"

老天只赏给她们哗哗的雨声和震耳的雷声,而她们的爸爸老天是再也不还给她们了。

小黄丽和姐姐从此成了没爸的孩子,她们难免被有钱人家的孩子欺负,他们追着黄丽喊:"你没爸你没爸——"

黄丽立刻定住脚跟,转身跟他们吵:"没爸又怎么样? 没爸就该被你欺负吗?"就在小黄丽要被人撕打的时候,恰被端着一盆脏衣服的妈妈看见了,妈妈跑过来拉走了黄丽。

妈妈悄声说:"你本来就没爸了,还跟人家吵什么呢?"

黄丽不服气地说:"难道他们有爸爸就可以欺负没爸爸的孩子吗?"

妈妈说:"谁让咱们家穷呢,穷人就要比有钱人矮一头呀。"

黄丽梗着小脖颈说："人和人是平等的，这世上就不该有穷人和富人之分。"

妈妈惊愣了一下，两眼看着语出惊人的黄丽，欣慰地吁了一口气说："你舅舅说得对，你是个机灵的孩子，要想有出息，就得去读书，你好好去读书吧，妈再穷也要供你读书。"

黄丽不相信地追问："妈妈，你说的话是真的吗？"

"大人是不能欺骗孩子的。"妈妈给小黄丽下着保证。

黄丽沉思了一会儿，突然疑惑地问："那我姐姐为什么不去读书呀？她要是说您偏心怎么办？"

妈妈一愣，忽然发现小女儿黄丽不仅聪明灵俐，做事情还想着别人，便说："你姐姐没你机灵，她喜欢干粗活，读书是要花钱的，咱家没钱，让你读书要靠妈妈和你姐姐干活挣钱才行。"

黄丽没再多言，晚上当她和姐姐睡在床上的时候，她摸着姐姐的头发说："姐姐，妈妈说要供我上学读书去，咱家又没钱，就靠你和妈妈给别人家干活挣钱了，那要好辛苦的。"

姐姐无奈地说："我天生就是干活的命，你天生就是读书的命，将来有了出息挣了钱，别忘了给姐姐买件新衣服穿。"

黄丽笑道："那是一定的，我不光给姐姐买新衣服穿，还要给姐姐买好吃的，糖啊点心啊……但你不能一个人偷吃了，要给咱妈留一份，还有舅舅。"

姐姐说："我怎么可能一个人偷吃呢？"

黄丽眨了眨眼睛，突然调皮地伸出手指跟姐姐说："那咱们俩拉勾吧？"

黑暗中，姐妹两人伸出小手指拉勾，她们就这样勾着手进入了梦境。

秋天，小黄丽挎着妈妈给自己缝制的小书包上学去了，她学习的时候特别用功，深知读书对她来说是奢侈而不容易的事情。

从此，妈妈和姐姐除了帮人做烟花鞭炮，又添了一份帮人洗衣服的活计，她们要挣更多的钱供小黄丽上学。

少女的成长

黄丽的视野在校园里一点一点被打开,她开始知道益阳,了解益阳的历史。

益阳,别名"银城",位于长江中下游平原南岸的洞庭湖南侧,地处湖南北部,洞庭湖畔,益水在这里滚滚而过流入洞庭湖。

益阳古为荆州地域,曾属姊胡国,春秋时属楚。秦始皇二十六年(公元前221年)设立县治,其地域包括今益阳和桃江县。

早在新石器时代,益阳的祖先就在这块土地上繁衍生息了。

东汉时应劭说:"在益水之阳,

当为县名。"

清人周树荣有《益阳赋》云："益水所经，水北曰阳，县以此名。"

……

小黄丽渐渐喜欢上这个生她养她的益阳，每天背着书包上学时，都要穿越一条古老的街巷，而放学时她会慢悠悠打量街巷上一家又一家的铺子，有卖糖果的、卖食盐的、卖花布的，还有卖鞭炮的……要是赶上谁家办喜事了，她还会听见鞭炮的脆响。可她既没有钱买糖果也没有钱买花布，她只能站在店铺门口望眼欲穿地空打量。

有一天，她在课堂上向老师提了一个问题。

黄丽问："老师，您能告诉我穷人和富人都是天生的吗？"

老师愣了一下，微笑着说："上帝给人的机会是平等的，如果不平等，上帝就不会让你和在座的同学都降生人间了。"

黄丽继续问："那为什么有人富得流油，有人穷得连饭都吃不上呢？"

老师看了一眼黄丽说："那是因为社会太不公平了，充满了剥削和压迫，才造成了人和人之间的不平等。"

黄丽又问："那我们应该怎么办呢？"

老师说："好好读书学习，长大后到外面去看看，你就什么都明白了，世界很大很大，还有比益阳更大的地方，比如长沙、武汉、上海……"

黄丽听老师这样讲，真想长一双翅膀飞翔。

小学毕业的时候，黄励成绩优异，老师鼓励她继续到外面读书，看看很大很大的世界。

黄励把自己内心的想法跟妈妈讲了，妈妈和姐姐虽然没有阻止她到外面继续读书，可家里穷困的条件却限制了她对学校的选择。

离益阳最近的城市就是长沙了，长沙有一所衡粹女子职业学校，这是一所专授绘画、刺绣、缝纫等的专门技能学校，不但不收学费，学生的刺绣如果售出去还能分到两三元钱。

小黄丽深知家里日子的艰辛，为了帮妈妈分忧解难，她考进衡粹女子职业学校时选择了缝纫专业，她想学一门手艺糊口。

衡粹女子职业学校是个出人才的地方，女红军刘英①（张闻天的妻子）就曾在这里读书学习。

学校的前身是私立明耻女子职业学堂（1913年），是从长沙东乡的影珠女学分化出来的。

1905年至1909年，影珠女学曾以福临乡坳上屋黄为焯私宅为校址，后来影珠迁至新址，黄为焯的女儿黄国侯即联合原影珠的教员童澹村、周鼎芳、黄恺生等，在坳上屋影珠旧址创办了明耻女子职业学堂。

1905年，黄国侯与妹妹黄国撰作为湖南第一批女留学生被派到日本东京青山实践女校师范科留学，专攻美术，与秋瑾是同学。学成回国后，她先后在隐储女学、周南女学任教。

1909年，明耻女子学堂创立后，她一直以校为家十余年。

辛亥革命后，原明耻创办人相继去世，黄国侯自任校长，并将明耻女子职业学堂迁入长沙城内，改名为衡粹女子学堂，后又更名为衡粹女子职业学校。

黄丽考入长沙衡粹女子职业学校时，已进入少女时代，少女芳心，本该以美为生活的主旋律，但她很少有时间去照镜子打扮自己，

---

① 刘英，原名郑杰，湖南省长沙县人，1905年10月出生于书香门第。但死守封建传统观念的父亲以"三从四德"的戒律紧紧束缚着她。为此，她一次次抗争，决不认命。凭着顽强毅力和过人聪颖，终于争得读书的权利。她先后在长沙衡粹女子职业学校、湖南省立第一女子师范附小、长沙女子师范学校读书，并一步步走向革命新天地，从一个为个人找出路的低强女子成长为一个为人民大众幸福而不屈奋斗的共产主义战士，并经受住了血雨腥风的洗礼。1925年加入中国共产党。1927年10月，她任中共湖南省委妇女部部长，协助滕代远组织长沙近郊农民暴动。1929年赴莫斯科劳动大学学习，1932年冬回国，先后任共青团福建省委书记、少共中央局宣传部和组织部长。1934年第五次反"围剿"时，她任于都县扩红队长，超额完成了扩红任务，受到中央领导表扬，《红色中华》报头版头条刊登文章宣传她的事迹。10月，参加长征，是三十名参加长征的女红军之一。长征途中，她任红军第二纵队巡视员、三梯队政治部主任、中央纵队秘书长。抗日战争和解放战争时期，任共青团中央局宣传部长、中共中央秘书处处长、中共合江省委委员、辽东省委组织部长等职。中华人民共和国成立后，她任中国驻苏联大使馆参赞、外交部部长助理。她参加了党的七大、八大，1978年党的十一届三中全会后当选为中共中央纪律检查委员会委员、第五届全国政协常委。2002年8月在北京病逝。

她在校园里抓紧一切时间听课学习，很快掌握了缝纫的技能。

与此同时，她的视野也越来越开阔，"十月革命"的隆隆炮声迅速传到了长沙，革命成了一种最时尚的字眼，青春年少的她难以抑制内心的激情，每逢听到什么惊天动地的大事情，她都以好奇之心揣摩，并跃跃欲试。

湖南出女杰，古代不论，仅近现代就出了一批著名的女革命家和妇女活动家，如中共中央第一任妇女部长向警予①、著名妇女运动领袖蔡畅②、革命烈士杨开慧、著名女作家丁玲、妇女活动家劳君展③、

---

① 向警予(1895—1928)，原名向俊贤，是中国共产党创始人及早期领导人之一，蔡和森的妻子，无产阶级革命家、妇女解放运动领导人之一。在有迹可循的史料里，她是中国共产党惟一的女创始人，并被誉为"大革命时代的模范妇女领袖"。2009年，追封向警予为一百位为新中国成立做出突出贡献的英雄模范人物之一。

② 蔡畅(1900—1990)，原名蔡咸熙，是中国共产党早期领导人之一，晚清名臣曾国藩之后，无产阶级革命家、妇女解放运动领导人之一。蔡畅是红军长征年龄最大的女红军，中国妇女运动的领袖和国际进步妇女运动的著名活动家。全国妇联第一至三届主席、第四届名誉主席，第四、五届全国人大常委会副委员长，中共七至十一届中央委员。

③ 劳君展(1900—1976)，原名启荣，湖南省长沙县人，女，九三学社创始人之一。青年时代就读于长沙周南女校。五四运动期间，任长沙学联宣传部长，创办《女界钟》杂志，加入毛泽东创建的新民学会。

1919年秋考入上海东南大学。同年底，赴法国勤工俭学，入里昂大学专攻数学。1921年初，北京大学校长蔡元培到欧洲考察学习，将同行的女学生劳君展(启荣)等介绍给先期赴法勤工俭学的许德珩，希望许德珩为她们补习法文。1924年暑假，获得里昂大学硕士学位，进入巴黎大学，跟从居里夫人学习镭学。1925年4月16日在巴黎中国饭馆举行了简朴的婚礼。徐悲鸿、刘半农等三十四人到会祝贺，蔡元培题镭题赠贺词："爱心同结，互助互利。学术事业，勤奋不已"。婚后，工作于居里夫人的镭研究所，成为其亲密助手。1926年毕业于巴黎大学。1927年回国后，任武汉大学数学系教授。不久，蒋汪合流，她和丈夫颠沛流离于上海、广州、北平等地，先后任教于广州中山大学、上海暨南大学、北京大学、北平女子文理学院。教学之余，曾翻译出版《积分学纲要》，与严济慈合译《法国高等数学大纲》等著作。1932年底，国民党特务在北京大学逮捕进步师生，她动员著名记者萨空了写文章揭露国民党反动罪行，又请宋庆龄、蔡元培、鲁迅等知名人士多方奔走营救，使许德珩、侯外庐等进步师生获释出狱。1936年参加北平文化界救国会。1945年参与筹备成立九三学社。1946年5月4日，九三学社成立大会在青年大厦召开，重庆《新华日报》发表了九三学社缘起、宣言及主张等。1947年5、6月间，劳君展与学生一起积极投身到"反内战、反饥饿、反迫害"的学生运动中去，终被解聘。1949年3月25日，许德珩夫妇侍立于西苑机场，欢迎毛泽东、周恩来等中共领导进入北平城。这天晚上，被邀参加毛泽东主席在颐和园乐寿堂举办的宴会，开怀畅谈，一直到第二天清早。建国后，任中国人民大学教授，教育部参事，九三学社第二届中央理事、第三至五届中央常委，北京市分社副主任委员。是第二至四届全国政协委员。著有《微积分教程》。1976年1月3日，因病逝世，享年七十六岁。

曹孟君①等。

黄丽在长沙衡粹女子职业学校积极参与励进会的活动，在学好技能的同时，增长自己的政治见识。

这期间，湖南一女师学生趁省自治运动高涨，发起组织了长沙女界联合会，掀起湖南女子参政热潮，手无寸铁的知识女性以笔为锋利武器，创办一系列刊物，以周南女校创办的《女界钟》最著名，大量刊载有关抵制日货、抨击军阀、主张劳工神圣、实行民主政治、宣传妇女解放等文章。

黄丽深受影响，她渐渐发现，女性生活的天地太大了，绝不是灶间的柴米油盐和床上的生儿育女。

毕业后，黄丽在一所小学当老师，教学之余她帮人做衣服，她裁剪的衣服又合体又时尚，特别是她做的旗袍，带着都市改良范儿，深得女性的喜爱，她自然也可以靠此创些收入，贴补家用。

家里的日子比从前好过多了，但黄丽却越发不安分起来，她的心已经留在了长沙校园，她不再甘于当小学老师，她想继续读书上大学。

妈妈这个时候再不想让黄丽想入非非了，在益阳能到长沙衡粹女子职业学校读书的女孩子是不多的，当一名小学老师已是命里的福气了，妈妈希望黄丽能在此安分守己，将来找个好婆家。

黄丽正值十八芳龄，人又长得聪颖漂亮，读过书有思想会缝纫，

---

① 曹孟君，女，1903年生于长沙。北京大学肄业。妇女运动领导者。1921年入长沙稻田女子师范学校，因带头剪辫子被开除。入周南女校后，又因反对禁锢学生思想的会考制度再次被开除。1925年考取北京大学。同年加入中国共产党。1931年"九一八"事变后在南京从事抗日救亡活动。1936年11月继"七君子"被捕后在南京遭当局逮捕。1937年8月出狱后，任中国妇女慰劳自卫抗战将士总会常委，组织南京妇女参加抗日活动。1948年任全国妇联国统区工作部长，被国民党军警列入黑名单加以追捕，遂经香港进入解放区。建国后任全国妇联第一届常委、第二届副秘书长，第二届、第三届书记处书记，中国人民对外友协常务理事。1953年被选为国际妇联理事会候补理事、执行局候补执委，政务院参事，第一至第三届全国政协委员，第一、二届全国人大代表及第三届常委。1967年在北京病逝，终年六十四岁。

嫁个好人家是不成问题的,上门提亲的媒婆几乎踏破了门槛,可黄丽一口拒绝。

有天,妈妈坐在屋里帮人洗着衣服说:"你也老大不小了,应该找个人家了,十八九岁正是找婆家的好年龄,现在咱家虽穷,但你的个人条件不错,如果不是妈妈和你姐帮人干苦力供你上学读书,你早就成童养媳了。"

黄丽正在看一本杂志,她不想让妈妈的话打断自己的思路,可她又觉得这话必须回答,于是耐着性子跟妈妈说:"妈妈,现在是民国了,不能再拿老一辈的思想说事情了。你难道也想让我在花轿里割腕自杀吗?……"

黄丽想起长沙女子赵五贞为了反对父母强迫其出嫁,在花轿内割腕自杀,以大无畏的精神和勇气向旧的婚姻制度宣战,此事经湖南《大公报》披露,激励了大批女青年去追求婚姻自由。

见妈妈没吭声,黄丽接着说:"我不想嫁人,我还想去外面读书呢。"

"你说啥? 你还想去外面读书,那谁供养你呀? ……妈妈老了,再也干不动重体力活了,你姐姐也要出嫁了,你心气再高,也要看看咱家是不是有这个条件!"

妈妈显然反对小女儿黄丽继续去读书,她的语气是绝对的,不容置疑的。

黄丽不愿意跟妈妈继续争执,家里没有条件再供养她读书是客观现实。但继续求学也是她内心里打定的主意,湖北武昌有个中华大学,她早已跃跃欲试心向往之了。

武昌中华大学,是中国第一所不靠政府和外国人而独立创办的私立大学。它将中国古代兴办私学的教育传统和近代日本、欧美大学体制相结合,开创出符合近现代中国国情的高等教育模式。

1912年,湖北黄陂县陈宣恺和陈朴生先后捐田二百石、白银三千两、官票五千串、家藏书籍三千余部,同时还争得友人的支持和帮助,筹建了私立中华学校，分设男女两部、中学部，由陈宣恺先生任校长，租校舍在武昌府后街及昙华林两处，同年8月开始招生。

1915年3月，教育部正式任可该校为大学，并以倡办人陈宣恺为学校正式代表人。

"中华"作为校名寓"振兴中华"之意，充满着爱国主义思想。

辛亥革命成功后，百废待兴，武昌大学成立最早，并按现代的教育规模和方法办学，继清末的两湖书院等，深得各省信任，外省有吉林、云南、四川、山东、山西、福建、河南、江西、广东、广西、黑龙江等省教育司或提学使，以及湖北省各县知事，函电保送学员来武昌上中华大学。

恽代英①就是中华大学的第一届毕业生。

妈妈显然不理解黄丽的鸿鹄之志，而要想实现自己的远大理想，就必须依靠一个人，黄丽想到了自己的舅舅。

靠手艺吃饭的舅舅，算不上很有钱，但思想开明，他对黄丽的聪明从小就很欣赏。

去舅舅家之前，黄丽反复思量，她应该给舅舅讲些什么，方能打动他的心，资助她去读大学。

---

① 恽代英，中国无产阶级革命家，中国共产党早期青年运动领导人之一，黄埔军校第四期政治教官。原籍江苏武进，1895年生于湖北武昌。中华大学毕业。学生时代积极参加革命活动，是武汉地区五四运动主要领导人之一。1920年创办利群书社，后又创办共存社，传播新思想、新文化和马克思主义。1921年加入中国共产党。1923年任上海大学教授。同年8月被选为中国社会主义青年团中央委员、宣传部部长，创办和主编《中国青年》。第一次国共合作建立后，他和毛泽东、邓中夏、向警予等参加了国民党上海执行部的领导工作，编辑《新建设》月刊，宣传共产党原则立场，批驳国民党右派的种种谬论。"中山舰事件"后，为加强黄埔军校的领导工作，党派恽代英到黄埔军校任主任政治总教官。在蒋介石加紧反革命活动的情况下，他就军队的建设、政治工作等写出了重要的论述，做出了重要的贡献。在1927年中国共产党第五次全国代表大会上，他当选为中央委员。同年先后参加南昌起义和广州起义。1928年后，在党中央宣传部工作。1930年在上海被捕，被关押在南京江东门外"中央军人监狱"，化名为王作林。后来被叛变的原中共中央政治局候补委员、特科负责人顾顺章指认，暴露了身份，三天后，也就是1931年4月29日中午在南京被国民党反动派杀害，时年三十六岁。

舅舅不是革命志士,但他喜欢听世间的风云变幻;舅舅思想虽老派,却欣赏年轻人的激情澎湃……黄丽想好了见到舅舅应该说些什么。

这天,黄丽修整了一下自己,路上又买了点礼物,就去见舅舅了。

在一座古色古香的小院里,一棵香樟树下,黄丽与舅舅守着石桌石椅,喝着清茶,开始了漫无边际的闲聊。

黄丽试探地问:"舅舅,您知道共产主义的幽灵吗?"

舅舅惊愣了一下,立刻左右望望,而后两眼直视着黄丽。

黄丽看到舅舅的目光中有一种让她继续说下去的期待。

黄丽接着说:"共产党就是共产主义的幽灵,她已经在中国落地生根了。1921年7月,中国共产党在上海召开了第一次代表大会,建立了党的纲领,那就是推翻资产阶级专政,建立无产阶级专政,这是共产党的奋斗目标。"

舅舅不解地说:"你别跟我绕弯子,说得明白一点吧。"

黄丽继续说:"第二年,共产党又召开了第二次大会,制定了现阶段的奋斗目标,那就是反帝反封建反军阀。这您明白了吗?"

舅舅若有所悟地点了点头。

黄丽见舅舅并不反感自己所说的话,便一口气说了下去:"自1918年的巴黎和会上,欧美列强做出了将德国在山东的一切权益转让给日本的决定,中国外交失败,中华民族再次被外敌欺辱。1919年5月4日北京爆发反帝反封建的爱国运动,'外争国权内惩国贼','废除二十一条','拒绝在和约上签字'……已经成为爱国进步人士高呼的口号,共产党的诞生让人们看到了新民主主义社会的曙光……"

舅舅惊讶外甥女放眼天下的胸怀,不知是喜悦还是惊惧,他半天没有说话,两眼直愣愣地望着黄丽出神。

当黄丽看到舅舅惊讶的目光时,突然站起身大胆地说:"舅舅,我想去武昌上大学,我也想参加革命。"

"你上大学我可以资助,但革命你就不要去了,革命是要死人的。"舅舅立刻变了脸色说。

"如果人人都怕死，又如何推翻这个封建的旧制度呢？革命本来就是要死人的，不死人怎么可能叫革命呢？舅舅，我早就想好了，一个人不能只为自己活着，要为劳苦大众活着，为劳苦大众创造价值，为劳苦大众服务。"

黄丽语气坚定地一口气说完，便以一种渴望被理解的目光望着舅舅。

舅舅望了望眼前这个伶俐聪慧的外甥女，表情复杂地说："父母不可以选择，人生的道路是可以自己选择的。我资助你上大学，但你必须答应我一个条件……"

黄丽急忙问："什么条件？"

舅舅神情认真地看着黄丽说："学成之后一定要回来，找个体面的差事做，你们家没有男娃，你就是顶梁柱了。再说，父母在，不远游，你妈妈年龄大了，身边需要人照顾啊。"

黄丽想不到开明的舅舅这么快就答应了资助自己上大学，她激动得一时间说不出话来了。

于是，她含糊其词地答应了舅舅，她心里记住的只是舅舅的前半句话，至于后半句话，就等她上了大学再说了。

黄丽从舅舅那里回来，特意去了一趟位于玉笥山上的汨罗屈原祠。

这座清乾隆二十一年的建筑，风格古朴秀雅，祠内有百年桂树多株，黄白花盛开，令人陶醉。

她站在屈原铜像前，仰望先人的神情，深深感受着他忧国忧民的爱国情怀，不屈不挠的斗争精神以及"路漫漫其修远兮"的精神境界。

"路漫漫其修远兮，吾将上下而求索。"黄丽把这诗句反复吟诵，铭记在心。

这天开始，黄丽开始了没日没夜的功课复习，她要以最优异的成绩考进武昌中华大学。

武昌中华大学的新女生

历史上的1924年是民国十三年,这一年时逢甲子,世界范围内发生了可记录的一百件大事情。

1月21日,著名的全世界无产阶级和劳动人民的伟大革命导师和领袖列宁逝世。

1924年秋,冯玉祥发动北京政变,推翻了"贿选"的大总统曹锟,然后邀请孙中山北上。等孙中山北上抵达时,冯玉祥已经与张作霖商定,接受段祺瑞进京任"临时执政"大总统,并废除了曹锟宪法,终止《临时约法》和取消国会。孙中山主张召开民选的国民会议，段祺瑞主张召开军政商学实力派组成的善后会议。

1924年，国民党广州市党部成立。

1924年，广州各界公祭黄花岗七十二烈士，南京学生会举行"五四"纪念会。

1924年，上海丝厂女工罢工，黄埔军校开学。

1924年，李大钊等参加共产国际五大，彭湃①向中共广州地方执委汇报农运调查情况。

1924年，邓泽如②等再次弹劾共产党，中共发出党内通知，指出国民党右派破坏活动。

1924年，国民党中央政治委员会成立，反帝运动爱国大联盟在北京成立。

1924年，江浙战争爆发，广州大本营筹备北伐。

1924年，国民党为"九七"国耻发表宣言，中共发表第三次对时局宣言。

1924年，第二次直奉战争爆发，北京政府发表有条件接受淞沪中立要求，国际联盟发表日内瓦草案。

1924年，中共中央发表第四次对于时局的主张。

---

① 彭湃(1896—1929)中国无产阶级革命家,中国共产党早期农民运动领导人之一。广东省海丰县人。1921年加入中国共产党。1923年1月领导成立海丰县总农会。1924年任中共广东区委农委书记,在广州创办农民运动讲习所。1925年任广东省第一届农民协会副委员长。后来到武汉中央农民运动讲习所工作。第一次国内革命战争失败后,他领导海陆丰农民起义,建立工农民主政权。党的五大上他当选为中央委员,八七会议上被选为中央临时政治局候补委员。党的六大后,当选为中央政治局委员。1929年任中共中央农委书记,同年8月在上海被国民党反动派杀害。年仅三十三岁。彭湃是早期农民领袖,毛泽东称他为"农民大王"。

② 邓泽如(1869—1934),名文恩,字远秋,号泽如,以号行。清光绪年间,以契约劳工身份到马来西亚谋生,逐步发展成为南洋知名的实业家。1907年,邓泽如加入同盟会,任马来西亚分会会长。为孙中山领导的革命数次筹款,接济军费。1912年回国,开发矿业,1920年担任广州军政府内政部矿物局局长兼广东矿务处处长,期间为讨伐袁世凯、陈炯明大力筹款。担任过国民党广东支部长以及一、二、三、四届中央监察委员会委员等职。思想上偏右,反对与中国共产党联合。1931年因蒋中正软禁胡汉民,曾与四位监委联名弹劾蒋中正。1934年因病在广州逝世。

1924年，中共中央北方局成立，

1924年，彭湃创办的第一届广州农民运动讲习所正式开学。

……

波诡云谲的1924年，这一年，武昌中华大学文科来了一位新女生，她就是黄丽。

刚走进校园的黄丽，一切在她眼里都是那么新鲜，她除去用功听课学习外，还积极参加学校里的各种社团活动，应该说她的政治嗅觉是十分敏感的，在学校众多的社团中，她毅然选择了共产党的社团组织，并且始终坚定不移，让同宿舍的女生倍感惊讶和不解。

有个女生问："黄丽，你为什么不追随国民党呢？现在可是民国时期。"

黄丽反问道："你了解共产党吗？"

女生说："不就是一个幽灵在欧洲徘徊吗？西方的那套理论未必在中国行得通，再说全世界无产阶级的伟大领袖列宁已经去世了。"

黄丽见女生并不理解中国共产党在中国诞生的政治意义，便接着她的话说："列宁虽然去世了，但他已将马克思主义的火种播撒到俄国，共产党是无产阶级的先锋队，是劳苦大众的党，是为劳苦大众服务的。要推翻资产阶级政权，建立无产阶级专政，实现共产主义。"

女生仍固执己见地说："我们上大学，是想将来到社会上找个体面的差事做，嫁个好男人，过上幸福的生活。女人总谈这个主义那个主义有什么意思呢？参与政治是有危险的，弄不好是要杀头的，难道你就不怕死吗？"

黄丽笑笑，从嘴里溜出一句玩笑话："燕雀安知鸿鹄之志哉？"

女生瞟了她一眼，不服气地说："好像就你志向远大，别人都鼠目寸光。依我看，女人生来就是享受生活的，女人要打扮得漂亮，让男生喜欢。黄丽，今晚外面有人邀请去跳交谊舞，我们一道去玩如何呀？"

黄丽冷淡地说："你去玩吧，我对跳舞没兴趣。"

女生很扫兴,又心有不甘,于是拉着同宿舍的另两位女生去跳舞了。

黄丽似乎被孤立起来了,但她丝毫不在乎形单影只,这样正好可以一个人在宿舍看书学习。

黄丽平时不喜欢化妆,更不喜欢去舞厅跳交谊舞。与其说是不喜欢,不如说是她不想浪费时间,她要抓紧一切时间读书学习,把应该弄明白的知识都弄明白。当时的武汉码头渐趋繁华,上海时髦什么,武汉就会风靡什么。武昌中华大学的学生来自全国四面八方,家庭背景复杂,每个走进校园读书的人都有经济实力。要知道没有一定的经济实力是读不起大学的。如果不是舅舅慷慨解囊,黄丽也不可能跨进中华大学的门槛,为此她十分珍惜这次学习的机会,并且心里始终铭记屈原的诗:"路漫漫其修远兮,吾将上下而求索。"

黄丽绝不是那种孤芳自赏的人,她喜欢帮助同学张罗事情,如果她发现哪位女生的情绪不对头了,她会主动上前搭讪,并利用自己会裁剪衣服的技艺,帮同学缝制衣服……渐渐地,黄丽自然成了宿舍和班里的中心,谁想孤立她谁就会被孤立。

她就像一团火,到处燃烧着热情。在火燃烧的地方,一定有她对共产主义信仰的宣传。

武昌中华大学是个出社会英才的地方,恽代英、林育南①、陈潭

---

① 林育南(1898年—1931年),中国革命烈士。1898年12月出生于湖北黄冈,早年就读于武昌中华大学中学部,1915年,入武昌中华大学附中。1917年10月,参加恽代英组织的互助社。1918年5月,参加武学生反对北洋军阀与日本帝国主义签订卖国条约《共同防敌军事协定》的斗争。1919年3月,与同学胡业裕等在中华大学发起组织"新声社",出版《新声》半月刊。五四运动爆发,与恽代英、陈潭秋等组织和领导武汉罢工、罢课、罢市的斗争,为武汉学生联合会负责人之一。同年6月,受武汉学联的委托,前往上海参加全国学生联合会的工作。不久,回到家乡,在八斗湾创办浚新小学。1920年春,与恽代英等在武昌创办利群书社、利群毛巾厂。同年考入北京医学专科学校,常去北京大学与北京共产主义小组成员一起研讨马克思学说。中国共产党诞生后,立即加入中国共产党,积极从事工人运动。1922年5月,任中国劳动组合书记部武汉分部主任,领导汉阳钢铁厂大罢工,并筹建起全国第一个地方总工会"武汉工团联合会",任该会秘书主任。同年10月,任湖北省工团联合会秘书主任,与施洋创办该会机关报《真报》。(转下页)

秋①等革命先烈皆毕业于此校。

黄丽在中华大学读书期间,显然是政治上的活跃分子,1925年她加入了中国共产党,这与她积极参与政治的态度和行动是分不开的,从她革命生涯的档案上已难查询当年是谁介绍她入党的,但依武汉当年的斗争形势看,林育南主编的《中国青年周刊》和陈潭秋参与撰稿的《楚光日报》和《湖北妇女》,黄丽都应该有所参与,或阅读或撰稿。

(接上页)1923年参加组织和领导了震撼世界的"二七"大罢工。"二七"惨案后,被军阀悬赏通缉。他编写了《二七工仇》,翔实记述了"二七"罢工英雄史实,讴歌"二七"烈士的革命精神。并以《真报》的名义发表宣言,控诉吴佩孚、萧耀南屠杀工人的滔天罪行。同年6月,出席中国共产党第三次全国代表大会。接着在中国社会主义青年团第二次全国代表大会上,当选为团中央委员、组织部长。1924年,国共两党建立统一战线后,任国民党汉口执行部青年干事。同年5月,又遭反动当局通缉,前往上海,参加编辑《中国青年》。不久,返汉,任武汉学生联合会主席,继续开展青年工作。1925年,参加领导"五卅"运动,在上海总工会负责宣传工作。1926年5月,出席广州第三次全国劳动大会后,奉命回汉,与李立三、刘少奇、项英等一起领导湖北的工人运动。1927年1月,任湖北总工会第一次代表大会秘书长,被选为省总工会宣传部主任。开办工人运动训练班、宣传员训练班,设立"工农通讯社",出版《工人导报》《工人画报》等。同年4月,在中国共产党第五次全国代表大会上,当选为中央候补委员。后又被选为中华全国总工会秘书长,并担任太平洋劳动大会和第四次全国劳动大会秘书长。大革命失败后,任中共湖北省委宣传部长,与黄松龄、向警予等秘密出版《长江》,继续宣传革命。参加了中国共产党的八七会议,尔后,积极领导湖北的"秋收暴动"。1927年大革命失败后,林育南在湖北转入地下斗争,先后任中共湖北省委常委兼宣传部部长、中共湖北省委代书记。1927年底赴上海,任中共沪东区委书记。1929年11月在上海参与筹备第五次全国劳动大会,继续被选为全国总工会执委会委员,任编辑委员会负责人、秘书长,主持日常工作。1930年起任全国苏维埃区域代表大会中央准备委员会秘书长。1931年1月17日,他同何孟雄、李求实等在上海东方旅社研究反对王明左倾冒险主义领导问题,因叛徒告密,被国民党反动派逮捕。在狱中,林育南经受住了敌人的严刑拷打,宁死不屈,保持共产党员的坚定立场和崇高品格。1931年2月7日,林育南与何孟雄等二十四位共产党员与革命者,在上海龙华英勇就义,时年三十三岁。

① 陈潭秋(1896—1943),名澄,字云先,号潭秋,湖北黄冈县(今湖北省黄冈市黄州区)陈策楼人。无产阶级革命家。1920年和董必武、刘伯垂等七人创建武汉共产主义小组,组织马克思主义学说研究会。1921年创办湖北人民通讯社,任社长。7月,陈潭秋与董必武参加了中共一大,成立了中国共产党。回武汉后先后任中共武汉地委、武昌地委、湖北地委主要负责人,1923年2月发动与领导了武汉各工团学生组织支援京汉铁路工人罢工斗争。1943年9月27日在新疆遭杀害,壮烈牺牲于天山脚下。

同班有个姓李的女生,上学之前在家里订了娃娃亲,男方家里很有钱,是当地的财主,女生上中华大学是男方家出钱资助的。

刚入学不久,男方就追到学校,逼女生回去结婚,担心她读书期间变心,女生死也不肯回去,男方就在校园里打了女生,女生被打得满脸是血。

这情景恰被黄丽看到了,她立刻上前制止,并厉声呵斥男方:"你凭什么打人?"

男方并没理睬黄励,他甚至没顾得上抬头看她,两只拳头雨点一样在女生的身上落着。

女生李痛得嗓子已经发不出声音了。

见此情景,黄丽奋不顾身一把抓住了男人的胳膊,大声吼道:"你真是太野蛮了,竟敢这样打人!"

男方怒气冲冲说:"她是我的娃娃亲媳妇,我愿意打,你管哪门子闲事呀?"

黄丽说:"是你的娃娃亲更不能打,她现在是中华大学的学生,也是我的同学。"

黄丽的举止够勇敢,同学们一下子围了过来,纷纷斥责男方。

"她是我们的同学,你不能打。"

"对,在校园打女同学,你就是撒野。"

男方只好悻悻离开了校园,却留下狠话给女生:"你等着! 看我回去怎么收拾你?!"

女生像一只被扯烂了羽毛的雌鸟好生惶恐,她一头扑在黄丽的怀里,哭着问她怎么办?

黄丽干脆拉住她说:"你光哭有什么用啊? 自己要想办法对付他。 走,我们到那边说话去。"

黄丽拉着她走到一棵树下,帮她理着零乱的头发说:"你问我怎么办? 要我回答那很简单,跟我闹革命去! 妇女不只是坚守家庭那么一小块天地,有文化的妇女天地大得很呢。"

李姓女生惊恐地说:"我不想参加革命,我读书只想找份工作,本来我想让他也出来读书,可他不肯,要在家里守着万贯家财呢。"

黄丽笑道:"你跟他不是一路人,你们思想上是有差距的,从我的观察看,他是个安于过日子的男人,等你大学毕业了,你们之间的分歧会更大。 不信,咱就走着瞧吧。"

李姓女生说:"革命好是好,但对我个人来说,内心好像没有那么远大的志向。"

黄丽接着说:"等你把这个世界看明白了,你内心的志向自然就有了。"

李姓女生没再说什么,她弄不清读大学与革命的真正关系,也弄不清婚姻与革命哪方面是女人的第一要义。

黄丽耐心地开导说:"慢慢来,不着急,革命信仰是要一点一点培养的。"

学校放假了,李姓女生不得不回到未来的婆家,尽管她内心十分恐惧,但又必须面对那个暴打她的男人。

黄丽没有回家,虽然她异常想念妈妈,可她没有路费,她在武汉的妇女杂志找了个校对的小差事,此杂志宣传反对帝国主义、军阀势力和封建宗法制度,主张把妇女运动引导到参加民族解放和无产阶级解放运动中去,主张妇女运动与工农运动相结合。

杂志社有数位共产党员,黄丽的精神境界在这里得到升华提高,她读到了《共产党宣言》和《新青年》,真正领悟了其中的要领。

《共产党宣言》是马克思和恩格斯为共产主义者同盟起草的纲领,是国际共产主义运动第一个纲领性文献,也是马克思主义诞生的重要标志。

1847年11月,共产主义者同盟第二次代表大会委托马克思和恩格斯起草一个周详的理论和实践的党纲。 马克思和恩格斯取得一致认识,并研究了宣言的整个内容和结构,由马克思执笔写成。

1848年2月,《宣言》在伦敦第一次以单行本问世。

《共产党宣言》第一次全面系统地阐述了科学社会主义理论，指出共产主义运动已成为不可抗拒的历史潮流。从原始社会解体以来人类社会的全部历史都是阶级斗争的历史；这个历史包括一系列发展阶段，现在已经达到这样一个阶段，即无产阶级如果不同时使整个社会摆脱任何剥削、压迫以及阶级划分和阶级斗争，就不能使自己从资产阶级的剥削统治下解放出来。作为资本主义掘墓人的无产阶级肩负的世界历史使命，那就是以无产阶级专政代替资产阶级专政。

"无产者在这个革命中失去的只是锁链。他们获得的将是整个世界。"

"全世界无产者，联合起来！"

如果说《共产党宣言》触及了黄丽的灵魂，促使她的思想发生了深刻的变化，那么国内的《新青年》杂志则成为她思想发生深刻变化的助推器。

辛亥革命后，资产阶级民主共和国未能在我国真正建立起来。为了实现资产阶级民主政治，首先要开展一个宣传民主主义、反对封建主义的思想启蒙运动。陈独秀创办的《新青年》高举民主与科学的大旗，提倡新文学反对旧文学，提倡白话文反对文言文，对封建思想进行了有力的揭露和批判，为马克思列宁主义在中国的传播开辟了道路。

理想的灯塔找到了，人生的航标确立了，革命的信念就是动力，也是精神世界的支撑。

那些日子，黄丽的脑海中总是跳出一句话："让统治阶级在共产主义革命面前发抖吧。无产者在这个革命中失去的只是锁链。他们获得的将是整个世界。"

黄励将这句话带回了校园，带进了宿舍。

恰逢李姓女生遍体伤痕地从家里回来了，黄丽吃惊地看着她，不敢相信这就是那个漂亮开朗爱笑的同窗。

李姓女生面带忧郁的表情让黄丽心如刀绞，她趁此对同宿舍的女生现身说法。"姐妹们,你们都看见了吧? 这就是封建宗法制度对女性的摧残和伤害,如果我们不起来参加革命,投入到民族解放和无产阶级解放的运动中去,我们的未来就会是同样的下场。"

同宿舍的女生立刻被黄丽的话鼓动得激情澎湃,纷纷表态要参加革命。

黄丽趁此机会在校园成立了求索文学社,名义上是研习新文学,实际上是宣传马克思列宁主义。

求索文学社每周都要举办文学活动,黄丽就在活动中为大家介绍俄国文学。

这天,黄丽举着手里的一本书问:"同学们看过这本书吗?"

同学们扫了一眼回答:"没看过。"

黄丽接着说:"这是俄国作家普希金的小说。"

同学们继续问:"俄国作家普希金是谁呀? ……"

"普希金是俄罗斯伟大的民族诗人、小说家,是俄罗斯文学语言的创建者和新俄罗斯文学的奠基人。他出身于贵族地主家庭,一生倾向革命,与黑暗专制进行着不屈不挠的斗争,他的思想与诗作,引起沙皇俄国统治者的不满和仇恨,他曾两度被流放,始终不肯屈服,最终在沙皇政府的阴谋策划下与人决斗而死,死时只有三十八岁。"黄丽介绍说。

同学们惊讶地议论起来,"真是太不可思议了。"

"他为什么要与人决斗呢?"

李姓女生忿忿地说:"沙皇政府太可恶了。"

黄丽发现同学们的注意力都集中到这方面来了,便进一步跟同学们介绍说:"《上尉的女儿》是俄国作家普希金一生最重要的作品之一。 小说以普加乔夫起义为背景,讲述了青年军官格利涅夫在一场暴风雪中偶遇普加乔夫,他送给普加乔夫一件兔皮袄御寒;后来格利涅夫爱上了炮台司令米罗诺夫上尉的女儿玛丽亚,并且与玛丽亚的另一个追求者士伐勃林产生了矛盾;后来,炮台被普加乔夫起义军攻陷,上尉夫妇被处死，玛丽亚和格利涅夫被捕。这时士伐勃林投靠了起义军，趁机威胁格利涅夫，企图夺占玛丽亚。但普加乔夫知恩图报，他不仅释放了格利涅夫，还帮助格利涅夫和玛丽亚缔结了婚姻。最后普加乔夫因起义失败被处死刑。"

女生李急忙抢过书说："那我真要好好看看，可惜的是在我们中国很难遇上普加乔夫这样的男人。"

黄丽接过她的话说："那是因为我们的制度太腐朽了，腐朽的制度是很难造就好人的，在这样的制度下，人人自危，人人都在打自己的小算盘。"

"那我们又能怎么办呢？"有男生问。

黄丽毫不犹豫说："革命呀，用一个新的社会制度推翻腐朽的旧制度。普加乔夫就是一个深受人民爱戴的起义领袖，在追求自由、献身革命的道路上表现出大无畏的英雄本色。他曾对格里尼奥夫讲述了一个乌鸦与老鹰的寓言故事，表明自己'与其吃三百年死尸，还不如喝一口鲜血来得痛快'的革命立场。"

有男生忽然说："那我们也参加革命去，也去喝一口鲜血。"

李姓女生忽然问："我跟你们一起去好不好？"

黄丽说："那当然好了。"

这天，黄丽不仅为文学社的同学介绍了普希金的《上尉的女儿》，还带他们诵读了普希金被沙皇流放的日子写的诗《假如生活欺骗了你》。

假如生活欺骗了你
不要悲伤不要心急
忧郁的日子里须要镇静
相信吧快乐的日子将会来临
心儿永远向往着未来
现在却常是忧郁
一切都是瞬息
一切都将会过去

而那过去了的
就会成为亲切的回忆
……

　　其实,黄丽对普希金的了解,完全得益于她假期在妇女杂志打工的经历,上级同志不仅让她阅读了《共产党宣言》,了解《新青年》杂志,同时也向她介绍了普希金,并通过俄国文学联想到中国革命。
　　那天,她和上级同志在江边漫步,望着奔腾的大江,上级同志向她背诵了普希金的诗《假如生活欺骗了你》。
　　"心儿永远向往着未来
　　现在却常是忧郁……"
　　黄丽疑惑地问:"您不觉得诗人的心情很矛盾吗?"
　　上级同志停下脚步,向黄丽解释说:"诗人表述了一种积极乐观而坚强的人生态度。现实世界虽然是令人悲哀的,可能会感受到被欺骗,但这是暂时的。诗人用对立统一、变化发展的观点看待生活,正视理想与现实的矛盾,告诉我们只有坚持美好的信念和进取的态度,才能真切地感受到一切艰难险阻都是暂时的,这才是值得提倡的生活态度,也是生活中的辩证法。"
　　黄丽内心的疑惑渐渐释然。
　　上级同志接着说:"闹革命是有风险的,随时都可能有灾难发生,但无论灾难何时发生,都要学会豁达从容,积极勇敢地面对困难,精神抖擞地直面沮丧,只有这样,才能看到重重磨难之后的理想之光。"
　　黄丽的心情突然激动起来,一如眼前翻腾的江水,她望着上级同志说:"自从结识了您,我就感到了您的非同寻常,我能成为您志同道合的同志吗?"
　　上级同志认真地打量着黄丽问:"革命是要流血牺牲的,你不怕被砍头吗?"
　　黄丽表情坚定地说:"我不怕,我也要像您一样,成为光荣的布尔什维克战士，为人类的自由幸福而奋斗。"

上级同志微笑着说："那你就用自己的行动去争取吧。"

"我应该怎样行动呢？"黄丽进一步问。

"你在校园里可以先成立一个文学社，以文学社的名义传播马克思列宁主义，你还可以介绍俄国文学作品给同学们看。"

黄丽爽快地答应说："我明白了，那我马上就行动。"

黄丽手里的普希金小说《上尉的女儿》就是从上级同志那里借来的，她回到校园立刻组织成立了文学社，并将成立文学社之事报告给了上级同志。

上级同志赞叹黄丽的组织能力，直觉她是一个颇有组织能力的人才。

当一个人确立了人生的理想目标时，就会不惜一切为之奋斗。

黄丽在确定人生理想目标的那一刻起，就为自己定下了终身的奋斗目标：为实现共产主义的理想而奋斗，生命不息，奋斗不止。

成为党的女儿

1925年的中国,军阀混战,茫茫人海,一个乱字成了社会恰当的总结。

乱象丛生的社会,中国共产党犹如定海神针,在这一年的1月11日,在上海召开第四次全国代表大会,出席大会的代表120人,代表全国994名党员。

共产国际代表维经斯基①参加了会议。

大会明确提出无产阶级在民主

---

① 维经斯基(1893—1953),又名吴庭康魏琴,俄罗斯人,共产国际代表,共产国际派远东局长。1920年3月,维经斯基来到中国,李大钊在北京会见维经斯基,同他讨论了建立中国共产党的问题。

革命中的领导权问题和工农联盟问题,对民主革命的内容作了比较完整的规定,通过《中国共产党第四次全国代表大会宣言》《中国共产党第二次修正章程》等文件。

大会选举产生新的中央执行委员会。

随后召开的四届一中全会选举陈独秀、彭述之①、张国焘、蔡和森、瞿秋白组成中央局,陈独秀为中央执行委员会总书记。

2月9日,上海日资纱厂工人举行大罢工。

5月15日,顾正红被日本资本家杀害。

5月30日,中国共产党领导的反对帝国主义暴行的运动即"五卅"运动在上海爆发,并迅速席卷全国。

"五卅"运动是中国共产党领导下的群众性反帝爱国运动,是中国共产党直接领导的以工人阶级为主力军的中国人民反帝革命运动,标志着大革命高潮的到来。

1925年5月15日,上海日商内外棉七厂资本家借口存纱不敷,故意关闭工厂,停发工人工资。

工人顾正红带领群众冲进厂内,与资本家论理,要求复工和开工资。

日本资本家不但不应允,反而向工人开枪射击,打死顾正红,打伤工人十余人,成为"五卅"运动的直接导火线。

第二天,中共中央发出第32号通告,紧急要求各地党组织号召工会等社会团体一致援助上海工人的罢工斗争。

19日,中共中央又发出第33号通告,决定在全国范围发动一场反日大运动。 28日,中共中央召开紧急会议,决定以反对帝国主义屠杀

---

① 彭述之(1895—1983),湖南邵阳人,1919年入北京大学学习,参加五四运动。1921年冬加入中国共产党,是中共莫斯科支部负责人之一。回国后主编《向导》和《新青年》,在中共四大、五大相继当选为中央委员,后因不同意中央的路线于1929年11月被开除出党。1932年10月被捕入狱,1937年8月获释。1948年,将中国共产主义同盟改为中国革命共产党并迁往香港。先后流亡越南与欧洲,1973年移居美国,1983年11月28日病逝。

中国工人为中心口号,发动群众于30日在上海租界举行反对帝国主义的游行示威。 同时,为加强工会组织的力量,决定由共产党人李立三、刘华等主持,成立上海总工会。

刘少奇随后到达上海,参加上海总工会的指挥工作。

1925年5月30日上午,上海工人、学生两千多人,分组在公共租界各马路散发反帝传单,进行讲演,揭露帝国主义枪杀顾正红、抓捕学生的罪行。

租界当局大肆拘捕爱国学生。 当天下午,仅南京路的老闸捕房就拘捕了一百多人。

万余名愤怒的群众聚集在老闸捕房门口,高呼"上海是中国人的上海!""打倒帝国主义!""收回外国租界!"等口号,要求立即释放被捕学生。

英国捕头爱伏生竟调集通班巡捕,公然开枪屠杀手无寸铁的群众,打死十三人,重伤数十人,逮捕一百五十余人。 其中捕去学生四十余人,射杀学生四名,击伤学生六名,路人受伤者十七名,死了三名。

6月1日又枪杀三人,伤十八人,制造了震惊中外的"五卅惨案"。

帝国主义的屠杀,点燃了中国人民郁积已久的对帝国主义侵略的仇恨怒火。 在中共中央的领导下,从6月1日起,上海全市开始了声势浩大的反对帝国主义的总罢工、总罢课、总罢市。

1925年6月1日到6月10日,帝国主义者又多次开枪,打死打伤群众数十人。 英、美、意、法等国军舰上的海军陆战队全部上岸,并占领上海大学、大夏大学等学校。

上海人民不惧怕帝国主义的武力镇压,相继有二十余万工人罢工,五万多学生罢课,公共租界的商人全体罢市,连租界雇用的中国巡捕也响应号召宣布罢岗。

1925年6月1日,上海总工会成立,李立三任委员长。

上海工人阶级在总工会领导下,成为一支组织严密、纪律严格的反对帝国主义的主力军,为了打破帝国主义的舆论封锁,推动反帝爱国运动,中共中央于 1925 年 6 月 4 日创办了《热血日报》,瞿秋白担任主编。

《热血日报》及时向广大群众传达党指导运动的方针、政策,揭露帝国主义的罪行。

6 月 5 日,中共中央发表《中国共产党为反抗帝国主义野蛮残暴的大屠杀告全国民众书》,指出"全上海和全中国的反抗运动之目标,决不止于惩凶、赔偿、道歉等","应认定废除一切不平等条约,推翻帝国主义在中国的一切特权为其主要目的"。

在中国共产党的领导和推动下,五卅运动的狂飙迅速席卷全国,从工人发展到学生、商人、市民、农民等社会各阶层,并从上海发展到全国各地,遍及全国二十五个省区(当时全国为二十九个省区),约六百余个县,各地约有一千七百万人直接参加了运动。

北京、广州、南京、重庆、天津、青岛、汉口等几十个大中城市和唐山、焦作、水口山等重要矿区,都举行了成千上万人的集会、游行示威和罢工、罢课、罢市。

1925 年 6 月 11 日,汉口参加游行示威的群众行至公共租界时,英国水兵向人群开枪射击,打死数十人,重伤三十余人。

汉口惨案进一步激起全国民众的愤怒。全国各地到处响起"打倒帝国主义""废除不平等条约""撤退外国驻华的海陆空军""为死难同胞报仇"的怒吼声,形成了全国规模的反帝怒潮。

武汉由汉口、汉阳、武昌三镇组成。

汉口是中共重要的联络点和落脚点,这个码头与上海具有打断骨头连着筋的亲情,上海如果感冒了,汉口一定会大声咳嗽。

"五卅"运动的爆发,汉口的中共组织早就参与其中了。

运动爆发之前,黄丽就在上级同志的指示下不停地奔走于武昌与汉口,她在接受组织交给的任务,这任务就是组织带领学生上街游行,声援上海的"五卅"运动。

中华大学的校园里开始行动起来了，黄丽先是利用求索文学社组织了一个特别行动队。

行动队大多是男生，男生们的任务是制作旗杆、横幅杆……大家都是穷学生，手里又都没什么钱，就趁着夜幕时分悄悄潜入附近的竹林，举起斧头砍竹子。

黄丽凭着自己缝纫的手艺制作标语横幅，李姓女生已成了她最忠实的朋友，她们在校外的老乡家借了缝纫机，连夜制作横幅，还有五颜六色的小旗子。

一切都在秘密状态下进行着，不能让校方知道，校方规定学生在学习之外的所有行动都有违校规。

黄丽只能靠夜间行动，借着月光脚步疾走，她先是把中华大学各个系的骨干分子都动员起来，然后她又去别的校区做进一步动员。

有人对参加学生运动不感兴趣，还有人想将黄丽的行动报告当局。

机敏的黄丽发现了事情的端倪，便巧妙而委婉地进行劝说："难道你们想当亡国奴吗？ 想为帝国主义当牛做马被其剥削压迫吗？ 这是中国的地盘，帝国主义却在中国的地盘上为非作歹，我真看不出来你们身上究竟还有没有中国人的骨气？"

见对方不吭声了，黄丽又说："不想做亡国奴，就跟着我行动，如果你们想报告当局，我也不怕变成刀下鬼，至少在我死之前我的灵魂为中华民族的生死存亡呐喊过。"

对方被黄丽说动了，急忙问："那我们应该怎么办？"

黄丽趁此鼓劲说："摆在我们面前的声援办法很多，游行抗议是一种办法，还有一种办法是写文章，在报纸上声援'五卅'运动"。

在黄丽的鼓动下，那些对声援"五卅"运动不感兴趣的人，甚至想出卖黄丽的人也都改变了态度，积极投身到运动中去了。

如果说"五卅"运动是反帝爱国的火种，那么黄丽就是火种边的一根助燃的火苗，众人捧柴火焰高，她和同学们的参与使火苗越烧越旺、轰轰烈烈。

1925年6月11日,汉口游行示威的学生和群众走向街头,声援"五卅"运动,武昌中华大学的学生首当其冲。

黄丽出色的组织才能在这时派上了大用场,写横幅、贴标语、带领上街游行的学生呼口号……

她一路高喊:"打倒帝国主义!""收回租界!""废除不平等条约!""撤退外国驻华的海陆空军!""为死难同胞报仇!"……

在游行的学生队伍中,李姓女生显得格外抢眼,她一直跟着黄丽,黄丽是她的主心骨,离开黄丽她便六神无主。开始李姓女生十分胆怯,当她看到了游行队伍中群情激愤的人流时,开始的胆怯立刻消失得无影无踪了,开始跟着黄丽高呼口号。

游行的队伍行至公共租界时,李姓女生看到英国水兵突然向人群开枪射击,她惊呼了一声:"黄丽……"话刚冲出喉咙,就被一枪击中了胸部。

黄丽眼看着李姓女生倒下去了,鲜血溅了她一身,接着又有数十人倒下去了,而此时,子弹在眼前乱飞,一群又一群人纷纷倒下。

这时,黄丽看见英国水兵正向人群开枪,她急忙大声呼喊:"英国水兵在枪杀中国人,同胞们,英国水兵在枪杀中国人……"

黄丽大声呼喊着,激愤的群众越聚越多,大有前仆后继之势,"民不畏死,奈何以死惧之?"

黄丽高声唱起了《国际歌》:

起来饥寒交迫的奴隶!

起来,全世界受苦的人!

满腔的热血已经沸腾,

要为真理而斗争!

旧世界打个落花流水,

奴隶们起来,起来!

不要说我们一无所有,

我们要做天下的主人!
　　这是最后的斗争,团结起来到明天,
　　英特纳雄耐尔就一定要实现!
　　这是最后的斗争,团结起来到明天,
　　英特纳雄耐尔就一定要实现……

　　歌声响遍了大街小巷,英国水兵端枪的手开始发抖。
　　手无寸铁的愤怒群众以不畏死的勇气,洪流一样滚滚向前。
　　邪恶从来是难以战胜正义的,不管道路多么凶险曲折,邪恶的得逞都是短暂的,最终正义会以顽强不屈的姿态战胜邪恶。
　　在汉口,黄丽在声援上海"五卅运动"中的出色表现和杰出的组织才干都被上级同志看在了眼里,不久她就被介绍加入了中国共产党。
　　在"五卅"运动中加入中国共产党的还有上海的王根英①(陈赓②大将的前妻),她当时是上海某纱厂的女工,利用自己的身份,成功组织策划了纱厂女工的罢工。 1933年前后,她曾任江苏省委妇女部长,

----

① 王根英(1907—1939),原名庶心,上海人,八路军第129师供给部财经干部学校政治指导员。1925年在"五卅"运动中加入中国共产党。党的五大后,王根英与陈赓在上海负责中央特科的情报工作。在秘密战线上,王根英全力协助陈赓的工作,为党中央提供了许多重要情报,营救了大批被捕同志。1939年3月8日,学校驻地遭日军突袭。突围时,王根英发觉一个装有党内文件和公款的挎包没有带出来,毅然冲回村中去取,路上与日军遭遇,壮烈牺牲,年仅三十二岁。2014年9月,王根英名列第一批三百名著名抗日英烈和英雄群体名录。

② 陈赓(1903—1961),原名陈庶康,1903年2月27日生于湖南湘乡。出身将门,其祖父为湘军将领。中国无产阶级革命家、军事家,中国人民解放军大将,国家和中国人民解放军的优秀领导者。新中国国防科技、教育事业的奠基者之一。1952年,毛泽东主席点将陈赓筹建哈军工(中国人民解放军军事工程学院)。中央特科重要领导人之一。1922年加入中国共产党。1924年入黄埔军校第一期学习。毕业后,留校任副队长、连长。参加了平定商团叛乱和讨伐陈炯明的东征。后在抗日战争时期历任八路军129师386旅旅长。历经北伐、南昌起义、长征、抗日战争、解放战争、朝鲜战争,为人民的解放事业立下汗马功劳。1955年被授予大将军衔。曾获一级八一勋章,一级独立自由勋章,一级解放勋章。1961年3月16日在上海去世,终年五十八岁。

而这期间黄丽曾任江苏省委组织部长。作为中共中央特科工作人员的陈赓和地下交通员的王根英，很可能认识黄丽，说不定黄丽还接受过他们的指示，尽管后来的历史资料没有记录。

黄丽加入中国共产党那天，心情无比自豪和激动，她在党旗下庄严宣誓，为共产主义事业奋斗终身。

介绍她入党的上级同志说："你要再接再厉，为共产主义事业不惜牺牲生命。"

黄丽从此把自己的名字改成了"黄励"。

从此，黄励再不能按一个普通人的标准衡量自己了，她加入了为中国人民的解放事业而奋斗的精英行列，中国共产党党员，她要时刻准备着，为党和人民献出一切，哪怕是自己的生命。

血雨腥风的中国，中共求贤若渴，对革命干部的培养已摆到非常重要的议事日程上。

党组织决定派黄励到莫斯科中山大学学习，她欣喜若狂。

动身之前，黄励准备回家看看母亲和舅舅，毕竟要出远门，不知何日才能见到他们了。

组织同意了她的请求，黄励买张船票悄悄回了老家益阳。

在舅舅家，黄励见到了妈妈。

妈妈明显苍老了，因为干家务，起皱的手就像老树的虬枝败叶一样。

妈妈拉着黄励的手哭起来："我还以为见不到你了呢，外边兵荒马乱的，你一个女儿家，可要多长个心眼，多加小心啊。"

舅舅也说："要把书读好，不把书读好做不成什么大事情。小时候，舅舅看你聪明机灵又有主意，才花大钱供你上大学读书的，不然你也会像姐姐一样，找个婆家嫁掉算了。女娃子嘛，最终还是要找婆家的。"

黄励知道自己现在已经不是一个普通人了，她加入了无产阶级的先锋组织，这个组织是要为天下的劳苦大众谋利益的，过去她是为自己活着,现在她要为别人活着,这样的活法是崇高的。可她不能把自己真实的身份暴露给自己的亲人,这是组织原则。

她跟妈妈和舅舅说:"我现在不光有生我的妈妈,还有指引我为理想奋斗的妈妈,我是妈妈的女儿也是她的女儿。"

舅舅感到外甥女说的话很费解,却又不好深究,如今外面的革命风潮闹得厉害,他是没有能力阻止外甥女参与的,只是揪心她的安全。

舅舅叹息一声说:"读了大学有见识了,外甥女要像鸟儿一样高飞了,但要看准目标,否则飞得越高摔得越重啊。"

黄励很理解舅舅话里的意思,可她不好再进一步解释自己的选择,只好笑着对舅舅说:"舅舅的关心我记在心里了。"

妈妈不解地问:"你刚才说的话妈妈怎么听不明白呀? 你是不是在外边又认下干妈了?"

黄励哭笑不得,不知道该怎样为妈妈作进一步的说明。

妈妈止住泪,打量着黄励说:"孩儿不嫌母丑,狗不嫌家贫,你再认下有钱的干妈,我也是你的亲妈呀。"

黄励见妈妈难以理解自己的话,便动情地说:"无论何时何地,无论我到了哪里,您都是我的亲妈妈,女儿不在身边,妈妈一定要多保重啊!"

黄励说着哭了起来,她知道自己这一去,不知何年何月再回家了,远赴莫斯科,相隔千山万水,尽管那里令人憧憬,可在一个陌生的国度,她再想亲近妈妈看看妈妈,都是难上加难的事情了。

黄励突然对亲情生出一种眷恋,她想起小时候妈妈带着她和姐姐讨饭的情景,自爸爸去世后,家里的日子一天比一天艰辛了,一个寡妇带着两个女儿,姐姐还能帮妈妈做点事情,她太小只会要吃的。有一次,妈妈带她和姐姐去讨饭,被有钱人家的狗追咬,妈妈生怕狗咬着她和姐姐,使劲用手驱赶狗,结果妈妈的手被狗咬得鲜血淋漓,手背上的伤疤就像个月牙儿,至今清晰可见。

后来妈妈和姐姐靠给人做鞭炮维持一家人的生计，妈妈白天去做鞭炮，晚上还要为人洗衣服，苦了一点钱供她读书。

黄励在衡粹女子学校学了缝纫，靠这技能本可以赚钱糊口了，可她偏偏有了更远大的志向，是舅舅满足了她的志向，出资供她继续到大学读书，武昌中华大学让她有了更远大的目标，特别是遇到了上级同志，让她明白了人为什么要活着，人生要活得有意义，就必须为别人活着，要创造一个人人有饭吃、人人有衣穿、没有剥削和压迫的理想社会，那才是人类真正的幸福社会。为了这样的社会，她要不惜奋斗，抛头颅洒热血……

可她不能把这一切告诉妈妈。她已经是被组织吸纳的人了，组织要求党员必须讲党性原则，严守党的秘密。

这天，黄励沿着益阳老街行走，睹物生情，一景一物都让她留恋难舍。

站在舅舅曾给她买过糖果的杂货铺前，铺子里的伙计一眼就认出了黄励。

伙计说："哟，这不是黄家的二丫头吗？在外读书长见识了吧？你要是不进到店里，在大街上我一眼准认不出你来了。"

黄励笑笑，称了一斤糖。

伙计说："过去都是你舅舅在店里称糖果给你吃，现在轮到你称糖果孝敬舅舅了。"

黄励笑笑，未再多言，拎起称好的糖果回到舅舅家中。

舅舅看着黄励买给他的糖果，感到这个外甥女真是没有白疼，如今长见识了，也懂事多了，便兴奋地说："你有这份孝心就行了，把糖果带回去分给你的同学吃吧。记住，舅舅供你念书是想让你将来干大事情，如果我们益阳也出一个替父从军的花木兰，那真是舅舅的荣光啊。"

黄励的眼眶忽然一热，眼泪差点流了下来，她使劲将眼泪憋了回去，控制着自己的情绪说："舅舅，我要出远门了……"

未等黄励把话说完,舅舅突然打断她的话问:"出远门? 你要到哪里去呀?"

黄励欲言又止,沉默片刻说:"这次出远门不知何时才能回来。我妈妈就托付给您了,您对我们一家人的恩德,留待我将来慢慢报答吧。"

舅舅哈哈笑道:"这话说得就见外了,如今外甥女有出息了,你把书读出来,对个人和社会有益处,就是对我最好的报答了。"

舅舅说罢,忽然疑惑地打量着黄励问:"外甥女说的出远门,该不会是出国留学吧?"

黄励笑笑,未置可否。

舅舅似乎明白了什么,他没再继续追问,他相信聪明的外甥女是不会走邪路的。

当晚,黄励就离开了益阳,她一步三回头,月亮地里,妈妈和舅舅的身影清晰可见,一阵风吹过,她的耳畔响起妈妈和舅舅的叮嘱。

妈妈说:"娃呀,出门在外,注意安全,你要平安回来呀!"

舅舅说:"外甥女,好好读书啊,把书读出来,就是对舅舅最好的报答了。"

……

月亮越来越高,亲人的身影越来越远。

"生我养我的益阳啊,您的女儿要暂时与您告别了……"

黄励在心里跟故乡益阳打着招呼。

一路上她都视线模糊,她知道那是阻止不住的思乡泪水在脸上奔流。

茫茫大海遇知音

1925年10月,正是秋色怡人的季节,但时局的动荡不安,让国人难有闲适的心情欣赏美丽的秋色,尽管大自然的四季变幻并不以人的意志为转移,而忙碌不安的人们却无暇顾及四季的风景了。

黄励正在紧张地奔波着,欣赏春夏秋冬的雅趣早已不在她生活的范围之内,她被党组织秘密安排前往上海,她将从那里转道苏联,赴莫斯科中山大学学习。

黄励从武汉坐船奔赴到上海时,立刻被上级组织安排进一家旅馆等待启程的时间。

第一批赴苏学员全部集结在上海。

在漫长的等待与周折之后，在苏联驻上海领事协助下，学生们躲过北洋军阀的警务盘查，终于登上了开往苏联的货轮。

黄励这才知道同行的有数十位男女青年，他们来自全国各地。按着组织的要求，在离开上海之前，他们彼此不能相互介绍认识。

苏联是红色政权的摇篮，十月革命爆发后，莫斯科成了世界革命的中心，每个有志的热血青年都希望踏上那方红色的土地，感受与中国不一样的红色文化。中共早期领导人瞿秋白，1920年至1922年以《晨报》记者的身份赴苏联考察，写下了我国最早的报告文学集《饿乡纪程》和《赤都心史》，首次向国内介绍了世界上第一个社会主义国家的情况，并记录了聆听列宁演讲和庆祝十月革命节的盛况，同时对中国社会进行了深刻的批判。

中国的有志青年，对苏联的了解或许来自瞿秋白发表于红色报刊的文章。

货轮驶出了上海黄浦江，靠近日本海时，同学们终于从船舱里走出来，他们奔到甲板上，向着茫茫大海欢呼。

许多同学是第一次见到大海，波涛汹涌的海浪让他们异常激动，有人带头唱起了《国际歌》。

众同学齐声合唱："旧世界打个落花流水，奴隶们起来起来！……"

正当大家唱到兴头上时，货轮剧烈颠簸起来，日本海的风浪让货轮如喝多了酒的醉汉无节制地发起疯来。

好几个同学出现了头晕恶心的现象，他们难以让身体挺直了。

黄励顿感身体不适，一种要呕吐的感觉让她的肠胃不停地打架，天悬地转，她觉得自己就要吐出来了。但她不停地在心里提醒自己，你不能倒下，更不能让呕吐摧毁自己……。

黄励是个不愿意把痛苦和不幸传递给别人的人，她觉得一个人的情绪是很容易被另一个人传染的。于是她转移话题，将同学们的注意力引到读书上。

苏联文学在青年中相当流行，普希金、托尔斯泰、高尔基都有作品被译介到国内。

黄励就问:"你们看没看过高尔基的《海燕》啊?"

有人说看过,有人说没看过。

河南籍的同学杨放之①说话时,神情略显拘紧。

这时,货轮再度颠簸起来,海面上的风浪一浪高过一浪,大海仿佛要跟十几个年轻人较劲一样,他们的喊声叫声呕吐声都让大海幸灾乐祸,而大海越是幸灾乐祸,它的恶作剧也就玩得越大。

黄励望着神秘的大海,那起起伏伏的神秘波浪让她内心有一种不服输之感,于是触景生情,她高声朗诵起高尔基的《海燕》:

"在苍茫的大海上,狂风卷集着乌云。在乌云和大海之间,海燕像黑色的闪电,在高傲地飞翔。

"一会儿翅膀碰着波浪,一会儿箭一般的直冲向乌云,它叫喊着,——就在这鸟儿勇敢的叫喊声里,乌云听出了欢乐。

"在这叫喊声里——充满着对暴风雨的渴望! 在这叫喊声里,乌云听出了愤怒的力量、热情的火焰和胜利的信心。

"海鸥在暴风雨来临之前呻吟着,——呻吟着,它们在大海上飞窜,想把自己对暴风雨的恐惧,掩藏到大海深处。

"海鸭也在呻吟着,——它们这些海鸭啊,享受不了生活的战斗的欢乐:轰隆隆的雷声就把它们吓坏了。

"蠢笨的企鹅,胆怯地把肥胖的身体躲藏到悬崖底下……只有那高傲的海燕,勇敢地,自由自在地,在泛起白沫的大海上飞翔!

"乌云越来越暗,越来越低,向海面直压下来,而波浪一边歌唱,一边冲向高空,去迎接那雷声。

---

① 杨放之(1908—2003),又名吴敏。生于河南济源。1925年赴莫斯科中山大学学习,期间参加党团工作,编辑杂志,1931年回国后历任中共江苏省委党报负责人等职,后在上海英租界被捕。两年后,经中共地下党组织营救而出狱,历任中共中央文委委员、延安《解放日报》副总编、新闻编辑部部长、晋冀鲁豫《人民日报》总编辑等职位。1950年,出任政务院财经委员会副秘书长、计划局副局长、政务院专家工作局局长等职。1954年,出任国务院副秘书长兼秘书厅主任、国务院外国专家局党组书记、局长。

"雷声轰响。波浪在愤怒的飞沫中呼叫,跟狂风争鸣。看吧,狂风紧紧抱起一层层巨浪,恶狠狠地把它们甩到悬崖上,把这些大块的翡翠摔成尘雾和碎末。

"海燕叫喊着,飞翔着,像黑色的闪电,箭一般的穿过乌云,翅膀掠起波浪的飞沫。

……"

黄励突然停下来,用目光望着同学们,建议道:"如果有同学会背诵的话,跟我一道朗诵好不好呀?"

同学们相互望望,他们已经被海浪折腾得筋疲力尽了,哪里还有力气朗诵啊。就在黄励的倡议无人应和时,有个叫杨放之的男生忽然高声朗诵起来,他带着浓浓的河南腔,诗句刚一出口,引得黄励直想笑,但她还是忍住没笑出来,尊重别人是一种修养,黄励提醒着自己。

杨放之用河南腔朗诵的《海燕》,别具风格,引得同学们都笑了,大家的情绪开始被鼓动起来。

"看吧,它飞舞着,像个精灵,——高傲的、黑色的暴风雨的精灵,——它在大笑,它又在号叫……它笑那些乌云,它因为欢乐而号叫!

"这个敏感的精灵,——它从雷声的震怒里,早就听出了困乏,它深信,乌云遮不住太阳,——是的,遮不住的!

"狂风吼叫……雷声轰响……

"一堆堆乌云,像黑色的火焰,在无底的大海上燃烧。大海抓住闪电的箭光,把它们熄灭在自己的深渊里。这些闪电的影子,活像一条条火蛇,在大海里蜿蜒游动,一晃就消失了。

"——暴风雨!暴风雨就要来啦!……"

杨放之正吟诵在兴头上,有位河南籍的同学哇一声吐了,污浊的气味立刻在船上弥漫起来。

黄励急忙奔了过去。

杨放之也停止了朗诵,奔过去帮助同学。

黄励为呕吐的同学拍着后背,她让杨放之去找淡水。

杨放之听话地走开了，好不容易才找来了淡水。

黄励与杨放之一起让呕吐的同学喝了淡水……经过一番折腾，呕吐的同学胃肠终于稳定了。

黄励将呕吐的同学安排睡下，便开始打扫污物。

黄励的一举一动都被杨放之看在了眼里，这个叫黄励的女生，刚见面时就给了他一种与众不同的感觉，她特别爱笑，笑中又含有一种清傲，那是超凡脱俗的清傲，让人初见面时有一种紧张感，可真正与她相处时，又觉得她处处在为别人着想，是个热情爽快乐于助人的人。在杨放之看来，这样的女子是比较难遇到的。

杨放之心里忽然怦怦跳了数下，就像刚见黄励第一面时的紧张一样，暗想如果这样的女子能成为人生的革命伴侣该有多好！

此时，黄励并不知道杨放之的所思所想，但她发现这个男生对自己有好感，他总是跟着她干这干那，简直就是随叫随到。

货轮上的活动空间十分有限，偶尔同学们可以站在甲板上观海听涛。黄励不仅结识了河南籍同学杨放之，还有湖北、江苏、河南等省的学生，张闻天、王明、沈泽民①、王稼祥、张琴秋②等，张国焘和李

----

① 沈泽民(1902—1933)浙江桐乡人。沈雁冰(茅盾)之弟。省立第三中学毕业，考入南京河海工程专门学校(今河海大学)。1920年赴日本入东京帝国大学半工半读。1921年初回上海。5月加入上海共产主义小组。后去安徽芜湖中学任化学教师。同年底任上海平民女校教员。1922年1月出席中国社会主义青年团第一次全国代表大会，当选为团中央委员，参与团中央领导工作。1923年在南京建邺大学任教，被选为青年团上海地委委员。同年底任上海大学社会学教授，并编《国民日报》副刊《觉悟》。1924年被选为中共上海地委委员。参加国共合作，兼国民党上海执行部宣传部干事。1925年参加"五卅"运动，任党中央机关报《热血日报》编辑。1926年春赴苏联入莫斯科中山大学学习。1927年任该校政治经济学教师。1928年4月出席中国共产党第六次全国代表大会，担任大会翻译工作。1930年10月回到上海。1931年初在中共六届四中全会上被补选为中央委员，任中央宣传部部长。4月调到鄂豫皖革命根据地工作，被中共中央指定为鄂豫皖分局书记。5月，中共鄂豫皖分局正式成立，张国焘自任书记，他任常务委员。1933年1月主持召开中共鄂豫皖边区党的第一次代表大会，正式成立中共鄂豫皖省委，被选为书记。同年10月红四方面军主力西征后，负责全面领导鄂豫皖革命根据地工作。同年11月20日，因病在黄安县天台山芦花冲逝世。是中国共产党早期杰出的党员之一，是五四运动影响下涌现出来的新文化战士。他将自己短暂而闪光的一生无私地奉献给了中国人民的解放事业和文学事业，为中国革命作出了不可磨灭的贡献。夫人张琴秋。

② 张琴秋(1904—1968)，学名张悟，张琴秋是著名的红军女将领，1924年11月(转下页)

立三也同船前往苏联参加会议。

杨放之总是找机会与黄励交谈,他们交谈的话题颇多,共产主义、马克思和列宁、中国革命……有一次彼此都谈到了自己的家事。

黄励很奇怪自己怎么跟眼前这个男生说了如此多的话,可她还是忍不住跟他继续打开了话匣子。

黄励说:"其实,我的家境并不好,家里很穷的,我七岁的时候爸爸生病去世了,母亲和姐姐为了供我上学,去帮人做鞭炮、洗衣服,我考上了长沙衡粹女子职业学校,学了一门缝纫手艺,毕业后当了一名小学教员,业余时间帮人做衣服,生活算是有了保障。

"……可我不甘于过这样的日子,逢年过节看到满大街乞讨的穷人,我觉得自己真应该为他们做些什么,但我又能做什么呢? 母亲要我早点嫁人,说女人嫁了人才能过上安稳的日子。 可她不知道,连年的战乱,社会腐朽、民不聊生,谁又能过上安稳的日子呢?

"有一天我去了屈原祠,望着'路漫漫其修远兮,吾将上下而求索'的诗句,我决定重新上学去。 可我没钱,只好去向舅舅求情。 舅舅比我家的日子过得殷实,父亲去世后,一直是舅舅接济我们一家人。 想不到舅舅真答应了我的请求,供我上了中华大学。"

黄励的推心置腹让杨放之感到了她内心的坦诚,于是也讲起了自己的家事。 杨放之说:"我是1908年11月24日出生的,我的老家在河南省济源县(今济源市)合河村,家境在当地算是殷实的,有田一百二十亩,大牲畜两头,家里雇有长工一人。"

黄励打断他的话,笑道:"我1905年出生,大你三岁,你要喊我姐

(接上页)加入中国共产党,曾留学莫斯科中山大学,长征期间,曾任红四方面军政治部主任、中共中央西北局委员等重要职务;建国后,张琴秋担任了纺织工业部党组副书记、副部长;在解放军出版社出版的《解放军将领传》中,专门介绍了张琴秋,视她为没有军衔的红军将领;《中国军事大百科全书》中,认定张琴秋为红军唯一的女将领;"文革"爆发后的1968年,因受残酷迫害,这位杰出的女性毅然以死抗争;1979年平反昭雪,徐向前元帅亲自主持了她的追悼会。

姐喽。 你家里有一百二十亩田地，那就是地主喽。"

杨放之笑笑说："我家里虽然有田地，但在我看来，这个社会不合理，太黑暗，我要寻求真理，要为贫穷祖国的富强而奋斗。 为了这个目的，我什么都愿意舍弃。 我先在村私塾上学，不久转入庙街蚕桑学校，后来又到济源县第一高小读书。 应该说我的父亲是个开明地主，他听说我要去苏联学习的时候，特意写下四句话交给我：'未来不迎，物来顺应。 当事不杂，事过不恋'。"

黄励听罢，便将四句话解读了一遍："未来不迎，就是说人生无常，不要对未来作过多的打算；物来顺应，万事万物要顺其自然；当事不杂，正在进行的事情不能杂乱；事过不恋，过去的事情不再后悔。 ……你说我的理解对吗？"

杨放之笑说："中华大学的文科才女，哪有不对之理呀？"

"那你继续说吧，我很想听。 湖南与河南，一个南方一个北方，我想多听听北方才子的故事。"黄励催促道。

杨放之打趣说："那你就是北方的佳人了。"

黄励急忙打断他的话："什么才子佳人，都是老套的称谓。 在我们这个队伍里，只能称同志。 哎，我想听听你的革命故事。"

杨放之说："好，那我就接着讲吧，只要你喜欢听就行。"

黄励催促道："赶快讲吧，我喜欢听。"

杨放之继续讲了起来："1921年夏天，我考入开封的河南留学欧美预备学校。 在那里，我接触到《向导》《新青年》等刊物，深受影响，积极投身到中国共产党领导的学生运动中去。 1925年正是国共第一次合作时期，倾向革命的我加入了国民党左派阵营。 我的老师和同学中有人加入了国民党后又参加了共产党。"

一阵大浪拍在货轮上，货轮摇晃了一下，黄励差点摔倒，杨放之眼疾手快一把扶住了她。

黄励笑道："经历了大风浪的人，将来一定不会怕困难的，让暴风雨来得更猛烈些吧。"

杨放之欣赏道:"我就喜欢你的乐观情绪,总是乐呵呵的。好了,我讲完了,应该继续你的故事了。你说说,你为什么选择了共产党?"

黄励直言说:"我觉得共产主义的理想就是我人生追求的目标,人人有饭吃、人人有衣穿、人与人平等相处,没有压迫没有剥削……"

未等黄励说完,杨放之抢过话说:"还有一点我补充,共产党是无产阶级的先锋队,无产阶级只有解放了全人类,才能最后解放自己。"

黄励嗔怪地笑道:"你干嘛反应这么快呀?你以为我不会说这几句话吗?"

黄励的语气分明在撒娇,杨放之心里暖暖的,他感觉这个女生的心已经在悄悄靠近自己了。

从上海到海参崴,海上航行十分颠簸,突发的海上风浪和货轮上条件的艰苦,好多同学都出现了呕吐晕船的现象,黄励自然不例外,可她稍有好转,便起身去帮助和照顾别的同学了。

杨放之大为感动,便忍不住说:"你也好好休息一下吧,海上的日子还长着呢,这才刚刚开始,如果你身体透支了,该怎么办呢?谁来照顾你呢?"

黄励故意反问道:"那你说应该怎么办呢?我身边最近的人是谁呢?难道他不帮助我吗?"

杨放之一下子明白黄励的意思了,惊喜地拉住她的手说:"你身边最近的人就是我吧?我猜对了吗?"

黄励笑道:"聪明的脑袋,你真猜对了。"

爱在两个年轻人的心里悄悄生根了,随着时间的推移爱还会发芽开花结果……他们的爱基于彼此的理想,坚信共产主义,为共产主义的事业奋斗终生。

颠簸航行一周后,货轮停泊在苏联远东港口城市海参崴,简单的休整之后,同学们改乘西伯利亚列车奔赴遥远的莫斯科。

莫斯科中山大学

莫斯科中山大学俄文全称"中国劳动者孙逸仙大学",是联共(布)中央在孙中山去世后为纪念他而开办的,目的是为中国培养革命人才。

当时正是国共合作时期,国民党俄国顾问鲍罗廷于1925年10月7日,在国民党中央政治会议第六十六次会议上正式宣布莫斯科中山大学的建立。

在斯大林倡议、鲍罗廷参与引导下,由谭延闿、古应芬、汪精卫等人组成的莫斯科中山大学招生委员会,在广州、北京、天津、上海等地上万名考生中择优录取了首批近三百名学员,其中共产党员、共青团员的比例达百分之八十以上。 而1927年全校六百多名学员中,国民党员约占一半,共产党员和共青团员合占一半。

十月革命后俄国魅力陡升,随着苏联共产党和中国国民党的合作领域不断扩大,到苏联国家心脏莫斯科学习"最正统"的马克思主义理论,在当时进步青年的眼中,如同去朝圣一般荣耀而神圣。

苏联成了渴望缔造新世界的中国政治精英们无限向往的圣殿。 在那个年代,战乱、腐败、饥荒、失序困扰着中国社会,苏联的影响仿佛绝望中突现的光亮照耀中国大地,苏维埃的经验直接影响着中国革命的进程。 派出骨干力量赴苏联学习军事和政治理论,推动中国革命发展,也是中国共产党高层的重要理想。 莫斯科中山大学曾培养出王明、博古、张闻天、邓小平和蒋经国等两大政党的重要人物。

中国学生来到这里的重要任务就是学习。

首先要学习俄语。

第一学年,俄语学习时间特别长,每天四课时。 其他课程为:政治经济学、历史、现代世界观、俄国革命理论与实践、民族与殖民地问题。

第二学年的课程为中国革命运动史、世界通史、马克思主义哲学、列宁主义原理、经济地理等。

中山大学还有一门重要课程就是军事训练,该课程每周一天,主要内容为步兵操典、射击、武器维修等。

黄励等数十位年轻人从上海抵达莫斯科的时候,漫长的冬天已经拉开了帷幕,11月的莫斯科,漫天凝滞的雪色,掩没了熹微的晨光,残酷的北风拂拭着疏疏密密的枯树,将积雪从树枝上刮下来,扑在人的脸上刀子般冰冷,白雪的光影下,异国他乡辉煌的尖顶建筑夺人眼目。

莫斯科沃尔洪卡大街16号就是中山大学,校园里有一座三层楼的小别墅,还有花园、篮球场、排球场、溜冰场。

这座古建筑是十月革命前一个俄国贵族的官邸，屋顶浮雕华美，室内吊灯堂皇，每一间房屋都高大敞亮，一个大厅改成礼堂，整座宅院改成具有一定规模的学校。

……

这里的一切在黄励眼里都是那么新鲜，新鲜和好奇加之爱情让她忘却了寒冷，杨放之已经成了她在异国他乡最亲近的人，她心里有什么话都想跟他倾诉，他成了她的依靠。

杨放之告诉她要想在这里成绩优异，必须先攻克俄语。

黄励自然十分珍视这难得的学习机会。课堂上、宿舍里都成了她刻苦学习的场所，为了尽快掌握俄语，她的笔记本上写满了单词，有时这些单词又记在小卡片上，走路的时候、吃饭的时候、上厕所的时候，黄励都要看这些单词，并试着与杨放之用俄语对话。

功夫不负有心人，黄励在比较短的时间内，率先在学习小组脱颖而出，她的俄语水平使她在莫斯科中山大学的学习成绩十分骄人。

这时的杨放之完全接受了马克思主义，12月，他由刘少文介绍入团（当时称少年共产党），并担任了团支部书记。

杨放之的俄语水平提高很快，不久就当上了为中国同学服务的翻译，并兼任经济地理教员。

克服了语言的障碍，黄励和杨放之便孜孜不倦地投入到马列主义的学习中。

为了让学生开阔视野，莫斯科中山大学经常邀请名人来校作讲演以启发学生的心智。

有一次，学校有幸邀请到列宁的夫人克鲁普斯卡娅来校演讲，这个女人一出场就显出了高贵的气质和优雅大方的举止，她贤淑优雅的风范令女同学们崇拜景仰得五体投地。

黄励听完克鲁普斯卡娅的演讲，心情特别激动，她在杨放之面前模仿着列宁夫人的举止，学着她演讲时的神态，逗得杨放之开心地大笑。

黄励莫名其妙地问:"你笑什么,难道我学得不像吗?"

杨放之忽然搂住她的肩膀说:"像、像极了,想不到你还有表演天赋。"

黄励正儿八经道:"干革命什么都得会两手,如果有一天组织安排我们回上海做地下工作,我们就要跟形形色色的人打交道了,说不定还真要上台演戏呢。"

杨放之笑着说:"但愿你演什么像什么。"

不久,孙中山夫人宋庆龄也来中山大学演讲了,她温文尔雅的气质,亲切朴实的话语,令中山大学的学生们仰慕惊羡不已。

宋庆龄既优雅又有政治风度,她不紧不慢不慌不忙地说:"我很荣幸地被邀请访问国外第一所用中山先生命名的中国人的大学,在这里我看到许多虔诚的年轻人,竭尽心力为实现三民主义而努力,衷心感佩,孙先生最宝贵的遗训是三民主义和三大政策。那些背叛孙先生的人居然还打着他的招牌说话……"

1925年3月12日孙中山在北京逝世,孙中山是中国伟大的民主革命开拓者,为了改造中国耗尽了毕生的精力。他的三民主义和联俄联共扶助农工的三大政策,在他去世后已被国民党实权派篡改。

宋庆龄的讲话显然是有所指的,敏感的大学生都能听得出来。

黄励回来后,就与杨放之讨论了这个问题。

黄励问:"你说政治上的背叛是否意味着反动呢?"

杨放之坚定地回答:"既然我们选择了共产主义,就要忠诚自己的信仰,不管政治风云如何变幻,对自己的信仰忠诚是第一位的。"

"你说的真好,别看你比我小几岁,政治上却比我看得远。"黄励欣赏地望着杨放之。

杨放之笑道:"你的眼光更敏锐也更犀利。"

黄励自豪地说:"那就让我们共勉吧。"

没过多长时间,现代舞的先驱邓肯女士又到莫斯科中山大学登台表演,借以"悼孙中山先生之死"。

黄励和同学们一起又大饱了一次眼福。

有时学校的舞台上花团锦簇，节目繁多，学生们想尽办法借来全套服装、兵器、乐器等，规模齐整地演出《四郎探母》，令围观的洋教授们大开眼界，叹为观止。

1926年的夏天，共同的理想和信念让黄励与杨放之结为革命伴侣。

婚礼极其简单，杨放之买了一束鲜花送给黄励，又买了一把糖果分给同学们……鲜花和糖果记录下两个年轻人的爱情归宿，从此杨放之在黄励眼里就是自己的"老杨"了。

时逢莫斯科中山大学成立马列主义教研组，黄励成为马列主义教研室的助理，苏联教师伏尔卡担任主任。

黄励还是旅莫斯科支部成员，旅莫斯科支部与旅欧支部类似，是中国共产党早期在国外建立的较大的支部组织之一。由于它处于当时唯一的无产阶级专政国家里，就其自身乃至在我党建设历史上都带有某种特殊性。到1926年凡旅莫斯科支部成员都要加入苏联共产党。

黄励对旅莫斯科支部党的发展做了很多工作，白天黑夜都要找人谈话，她工作热情相当高，经常到旅莫斯科支部办公室汇报工作。

1927年3月21日，中国国民革命军势如破竹，占领了被北洋军阀长期盘踞的上海。

消息传来，莫斯科中山大学的学生们欢欣鼓舞，欣喜若狂。他们涌上街头欢庆胜利，沿途的莫斯科市民也不断加入，载歌载舞。

然而，欢呼的浪潮尚未平息，二十多天以后，又一个意想不到的消息不期而至。1927年4月12日，蒋介石在上海发动了反革命政变，南京宣布清共，中国社会因国共分裂而血雨腥风。

消息传来，震荡了莫斯科，中山大学校园一夜之间变得死一般沉寂。

随后国共两党学员的关系仿佛遭遇了雨雪风霜，彼此间谈话有了分寸与隔阂，有时见了面还不免尴尬。

这是一个备感迷惘的时刻，原本清晰的道路，似乎又失去了方向。

1927年，莫斯科中山大学的托派①活动得异常厉害，主要是反斯大林。

斯大林和托洛茨基的分歧表现在对中国革命的指导方针上。

斯大林主张共产党与国民党实行"党内合作"，并在遭受国民党右派进攻时，要求中共妥协退让；而托洛茨基则"坚决反对共产党加入国民党"，中山舰事件后，托洛茨基则主张中共退出国共统一战线，独立发展。

大革命失败后，斯大林无法解释他促成的国共统一战线的优越性，又不敢承担指导方针失误的责任，从而导致苏共党内和在莫斯科中山大学留学的部分中国学生的强烈不满。

这种不满情绪终于在1927年11月7日莫斯科红场举行的十月革命十周年游行活动中爆发。反对斯大林的群众和学生突然打出写有"执行列宁遗嘱，罢免斯大林，拥护托洛茨基"的旗帜。

这场事件最后以托洛茨基被开除出党、驱逐出苏联而告终，那些拥护和追随托洛茨基的中国留学生也都被开除党籍和团籍，并于1927年底被遣送回中国。

米夫地位的骤升得益于斯大林与托洛茨基的政治斗争，中山大学一成立他就担任该校副校长。第一任校长拉狄克②一下台，他就填补

---

① 托派，"托洛茨基派"的简称。俄国工人运动中的机会主义派别。列宁逝世后，托洛茨基组织反对派，宣传一国不能建成社会主义的理论，严重危害俄国革命和国际工人运动。1927年，托洛茨基被开除出党，1929年又被驱逐出境。1938年，托派成员在法国巴黎组织了"第四国际"（世界社会主义革命党），与第三国际对抗。第二次世界大战后，该派四分五裂。

② 卡尔·伯恩哈多维奇·拉狄克(1885—1939)苏联政治活动家，共产主义宣传家。生于利沃夫。曾在克拉科夫大学和伯尔尼大学学习。20世纪初参加加里西亚波兰和德国的社会民主主义运动。1917年加入俄国社会民主工党(布)。第一次世界大战期间持国际主义立场。十月革命后，曾在外交人民委员会中工作。1920年至1924年担任共产国际执行委员会书记、委员和主席团委员。1919年当选为党中央委员至1923年。是托洛茨基反对派的重要成员，1927年因此被开除出党。1929年恢复党籍。1936年再次被开除出党。1937年以"间谍罪"被判十年徒刑。死于1939年。1988年恢复名誉。

了空缺。米夫看准风向，支持了斯大林因而获得斯大林的器重，斯大林也把米夫视为中国通，在许多涉及到中国革命的文件、指示都征求米夫的意见。

1927年，中国大革命失败以后，米夫再次提升，他以中山大学校长的身份兼任共产国际远东局①局长。米夫只有二十七岁，年轻气盛，是个心思很长的人，他开始不满足蹲在共产国际大楼和中山大学校园，他要到中国来发挥更大的"作用"。安徽籍学生陈绍禹（王明），学业不错，会一口流利俄语，善于巴结，深得米夫赏识。早在1927年4月，米夫在他任副校长期间，就携带中大他最宠爱的学生王明到武汉，代表共产国际参加了中共五大，从而在中共党内树起了一定的形象。

米夫再次提升后，王明也狐假虎威，拉帮结派捏造"江浙同学会"事件，说中山大学有一个由俞秀松、周达文等人组织的"江浙同乡会"的小组织，说这是一个从事地下活动的"反动组织"，而后台老板，则是瞿秋白。苏联格伯乌调查结果，竟然认为确有这种"反动组织"存在。瞿秋白、周恩来等人调查后，认为并不存在这样一个组织。瞿秋白于是给联共政治局写信，对苏联格伯乌的调查结论提出异议。后来，共产国际监委、联共监委、中共代表团联合组成审查委员会审理此事，最终做出了不存在"江浙同乡会"这样一个组织的结论，并由周恩来在中山大学全体师生大会上宣布。但还是造成一些学生的被开

----

① 共产国际远东局，共产国际为指导中朝日等国的革命，1929年3月组建了共产国际执行委员会驻上海远东局。共产国际远东局工作范围包括联系和指导中国、朝鲜、日本、印度支那、菲律宾、印度尼西亚等国家和地区的无产阶级政党的工作。远东局的成员有共产国际代表雷利斯基（奥斯藤）和埃斯勒（罗伯特），赤色工会国际代表兼赤色工会国际太平洋书记处书记乔治·哈迪，青年共产国际代表马西，领导人为雷利斯基。1930年3月至8月，雷利斯基去莫斯科，远东局的工作由埃斯勒主持。另外，1929年末，别斯帕洛夫替换了马西；1930年6月，斯托利亚尔又替换了哈迪。1930年7月，经共产国际执委会批准，远东局组成人员有所调整：米夫（威廉）为远东局书记，盖利斯（托姆）为军事工作人员小组领导人；雷利斯基、埃斯勒、斯托利亚尔和别斯帕洛夫继续留任。米夫于1930年10月来到中国。1931年4月后，米夫等远东局成员大多离开上海回国。8月，雷利斯基离开上海。之后，远东局在事实上停止了工作。

除、被逮捕。

1928年，斯大林委托米夫负责组织中共在莫斯科召开的六大，这使他的权力更加膨胀，他有权提议中共中央总书记人选和政治局组成人员名单。

根据斯大林的意见，共产国际决定：中共六大在莫斯科举行，六大之后，新当选的中共中央政治局常委会主席向忠发等领导人根据中大学生的要求，到中大演讲并回答学生的提问。当然向忠发是全力支持斯大林的，他把托洛茨基批了一顿之后，扬言要把中大的托派学生统统开除。

校园里接二连三的政治风波，使得中大学员在感情上经历了从狂喜到悲愤的大起大落。他们依然会来图书馆、研究室、课室、俱乐部，然而往日的欢乐气氛已消失殆尽，两党学员分开抱团取暖，清点昔日的朋友，哪些已不能再到场，哪些虽近在眼前已不能开口交谈。

7月26日，中国国民党中央执行委员会发出"取缔中山大学，并与之断绝一切关系"的声明，同时命令各级组织严禁再向苏联派遣留学生，但是苏联政府没有将国民党选派的学员遣返回国。

此时，黄励以优异的成绩结束了学习，被分配到中山大学党的建设教研室工作。

苏联共产党组织批判托派的大会，苏联教师、马列主义教研室主任伏尔卡组织酬备这次批判大会，从列出提纲到落实到人的准备工作，由黄励具体落实。

黄励出色的组织能力，在此淋漓尽致地表现了出来。

这段躲不过去的中共初创时期的历史，让在莫斯科中山大学的黄励亲眼目睹，王明宗派集团到处拉拢同学，制造"江浙同学会""工人反对派"等冤案，处处打击有实际工作经验的老党员。

黄励、杨放之等有正义感的同学很反感，对王明等人的做法十分愤慨，与他进行了针锋相对的斗争，他们因此遭到了王明宗派集团的残酷打击和排挤。

1928年后没有再让黄励继续担任支部的领导工作，只让她当普通的翻译。

当时中共代表团的分工是，瞿秋白担任共产国际代表，邓中夏担任赤色职工国际代表。

而欧洲是以城市为中心发展工会组织的。

1928年，世界反帝大同盟在柏林举行代表大会，这是苏联领导下的反帝群众团体，当时主要是反对英帝国主义。参加这次会议应该是从国内派代表参加，但当时国内困难，因此党中央决定在莫斯科组成以瞿秋白为首的中国代表团参加，黄励是代表团成员之一。

1928年的秋天，黄励和杨放之匆匆欣赏了几眼大自然眩目的色彩，就随瞿秋白赴德国参加世界反帝大同盟代表大会了。

参会的代表团成员还有陆定一，他于1928年底赴莫斯科，任中国共产主义青年团驻少共国际代表、少共国际执委、中共驻共产国际代表团成员。在此期间，陆定一与瞿秋白、邓中夏①等同志一起同王明等人的错误进行了斗争。

大会期间，黄励帮助瞿秋白搜集材料，准备发言稿，夜以继日地工作，出色地完成了任务。

从柏林回到莫斯科不久，当时间的脚步跨进1929年的门槛，这年夏天，莫斯科中山大学的第二任校长米夫为了推广他的"中国政策"，在中山大学主持召开了史称"十天会议"的大讨论，他们先是召集了

---

① 邓中夏(1894—1933)，男，汉族，字仲澥，又名邓康，湖南省宜章县人。1915年就学于长沙湖南高等师范文史专修科。1917年入北京大学国文门学习。1920年10月参加北京的共产党早期组织。1923年参加创办上海大学，任教务长。1925年中华全国总工会成立后，任秘书长兼宣传部长，参与组织领导省港大罢工。大革命失败后，参加党的八七会议，被选为中央临时政治局候补委员。1928年赴莫斯科，任中华全国总工会驻赤色职工国际代表。1930年回国后被任命为中央代表赴湘鄂西根据地，任湘鄂西特委书记、红二军团(后改为红三军)政委、前敌委员会书记、中央革命军事委员会委员。1932年到上海任全国赤色互济会总会主任兼党团书记。1933年5月被捕。1933年9月21日，他高呼着"中国共产党万岁"的口号，昂首走向刑场，英勇就义。邓中夏是中共第二届、五届中央委员，第三届、六届中央候补委员，中央临时政治局候补委员。邓中夏是马克思主义理论家，也是工人运动的领袖。

为期十天的党员大会,形成所谓的"二十八个半布尔什维克"①,标榜自己是唯一正确的"永远的布尔什维克"的真理,喧嚣、起哄、谩骂、处分……使用一切卑劣的手段,发起对瞿秋白和中共代表团的攻击。而联共中央和共产国际②,一致肯定米夫③、王明派,批评中共代表团,认为瞿秋白应负中山大学反党小组事件的主要责任。

在他们的支持下,瞿秋白被解除驻共产国际代表的职务,反对他们的除少数几个工人外,分别受到开除党籍、团籍、学籍,送到西伯利

---

① "二十八个半布尔什维克",在中国共产党史上,有一批人被俗称为"二十八个半布尔什维克",比较通行的说法,"二十八个半布尔什维克"是指以下二十九个人而言的,他们是:王明、博古(秦邦宪)、张闻天(洛甫)、王稼祥、盛忠亮、沈泽民、陈昌浩、张琴秋、何子述、何克全(凯丰)、杨尚昆、夏曦、孟庆树(绪)、王保(宝)礼、王盛荣、王云程、朱阿根、朱自舜(子纯)、孙济民(际明)、杜作祥、宋潘(盘)民、陈原(源)道、李竹声、李元杰、汪盛荻、肖特甫、殷鉴、袁家镛、徐以(一)新。

② 共产国际即第三国际。1919年3月,列宁领导创建的世界各国共产党和共产主义团体的国际联合组织,总部位于莫斯科。第一次世界大战爆发后,第二国际破产,十月革命的胜利,促进了各国共产党的建立,客观形势要求建立新的国际组织。1919年3月2日在莫斯科召开了国际共产主义代表会议,有来自二十一个国家的三十五个政党和团体的五十二名代表参加。大会通过了《告国际无产阶级宣言》《共产国际行动纲领》《关于资产阶级民主和无产阶级专政的提纲》等文件,宣告第三国际成立。它的任务是宣传马克思主义,团结世界各国工人阶级和广大劳动人民,为推翻资产阶级的统治,建立无产阶级专政,消灭剥削制度而斗争。它以民主集中制为组织原则,最高权力机关是代表大会,各国共产党是它的支部。代表大会闭会期间,由代表大会选出的执行委员会负责向各国支部发布指示和监督他们的工作。总部设在莫斯科。第三国际在其存在的二十四年中共召开过七次代表大会,领导过六十五个共产主义政党和组织。在捍卫马克思主义,推动国际工人运动和亚非拉民族解放运动,反对法西斯主义和帝国主义战争,促进国际共运发展等方面做出了重要贡献。它在欧洲、美洲、亚洲帮助各国先进工人建立了马克思列宁主义政党,协助他们培养了一批革命骨干,加速了各国共产党的成长。但是,它在工作中也有许多失误,特别是长期受斯大林大国沙文主义错误的干扰,给国际共产主义运动带来过消极影响,其高度集中的组织形式曾影响了各党的独立自主和各党之间的平等关系。第二次世界大战爆发后,为了有效地组织反法西斯的斗争,经各国共产党同意,共产国际于1943年6月宣告解散。其机关刊物是《共产国际》和《国际新闻通讯》。

③ 米夫,乌克兰人犹太人。1917年加入俄国社会民主工党(布)。后毕业于斯维尔德洛夫共产主义大学。1925年后,历任莫斯科中山大学副校长、校长、共产国际东方部副部长。1927年曾率联共(布)宣传家代表团来华。1928年作为共产国际代表参加中共六大。1930年至上海任共产国际驻中国代表团团长。次年中共六届四中全会上,强行将王明等人安排进中共中央政治局,致使王明"左"倾冒险主义统治了全党。同年回国。1935年后任莫斯科东方劳动大学校长、苏联民族殖民地问题研究所所长。1938年死于大清洗。

亚做苦工的处分,也使有些人自杀,有些人莫名其妙地"失踪"了,如瞿秋白的三弟瞿景白①。

瞿景白是在一气之下,把他的联共预备党员党证退给区党委。就在他交还党证的那天,他失踪了。不清楚他是被捕了,还是像谣传的那样说他自杀了。

而王明成了"二十八个半布尔什维克"的领袖,成了备受米夫赏识的大红人。邓中夏为保护黄励夫妇,带他们到海参崴参加第二次太平洋地区职工代表会议,参加会议的国家主要是太平洋沿岸国家,中国、日本、朝鲜,美国没有参加。

与会的国际代表一致认为,由于蒋介石叛变革命,太平洋职工书记处无法在中国继续工作,决定由汉口迁往海参崴,并创办了《太平洋工人》月刊,用日、中、朝三国文字印刷。

会后黄励和杨放之就留在书记处工作,主编《太平洋工人》杂志。

杨放之任《太平洋工人》杂志主编,黄励任编辑。

黄励是个出色的编辑,同时也为刊物撰写了许多文章,介绍各国工人运动的情况、方针和任务。他们编辑的刊物,由海参崴秘密发行到中国东北几省,鼓舞了人民的斗志。

编杂志十分辛苦,但相比在莫斯科中山大学却单纯多了,生活也平静多了。这也许是两位年轻人来苏联后的最平静的日子,他们十分珍惜这样的日子,抓紧一切时间学习,除了学习俄语,黄励还学习英语和德语。

有天清晨,黄励突然感到胃部不适,便不停地呕吐起来。

----

① 瞿景白(1906—1929),男,汉族,江苏常州人。瞿秋白之三弟。1916年初,因家境困窘,母亲又服毒自杀,即随姐投靠杭州亲戚。1921年夏,考入浙江省第一师范学校,1923年秋,进入上海大学读书,被选为上大演说练习会文书,翌年,加入中国共产党。1925年"五卅"反帝爱国运动爆发,勇敢地走在学生示威队伍前列,带头呼喊口号,后被租界区巡捕逮捕。在租界法庭上,慷慨陈词,驳得敌人哑口无言,被迫释放。同年秋,任上海曹家渡共青团团委书记,从事工人运动。1929年10月,在公开反对王明等人宗派活动中屈死于莫斯科。

杨放之急忙带她到了附近的医院，检查的结果既在他们的意料之中又在他们的意料之外。

黄励怀孕了，她与杨放之的爱情有了结晶。

这意外的惊喜让他们不知所措。

怎么办？

与喜悦同时降临的还有忧虑和焦急。

在黄励看来，这个爱情的结晶来的太不是时候了，让孩子出生就意味着耽误革命工作，起码是一段时间的工作搁置。在国内国际局势都非常复杂的情况下，一个生命的出生并不意味着有一个健康成长的安定环境，况且对黄励这样一个视工作为生命的人，除了工作，一切在她眼里都轻如鸿毛。

经过数天的思考，黄励准备打掉这个孩子。她知道，这个决定无论对她还是对爱人老杨来说，都是痛彻心扉之举，她犹豫再三，最后还是把决定告诉了老杨。

杨放之大吃一惊，这个决定太出人意料了，他惊讶地望着黄励，感觉这决定并非出自她的本心，他想在妻子脸上看到一种可能的动摇。可他看了半天，妻子表情坚毅的脸让他感到毫无动摇的可能。

黄励也在此时读出了爱人杨放之脸上的惊讶和犹豫，她突然握住他的手说："老杨，真的很对不起你，可为了革命工作，我不得不做出这样的决定。"

妻子真诚的话语让杨放之霎那间理解了她革命理想高于天的情怀，纵使他心里有万般无奈，也在革命至上的理想面前化成了一缕轻烟，于是他沉思片刻，缓缓地对黄励说："我尊重你的选择，对我们来说，追求和实现革命理想要比孩子重要。"

黄励开心地笑了起来，这个比自己小三岁的爱人老杨，时时刻刻都谦让和体谅着自己，他的理解和体谅反倒让她的内心不安了，她面有愧疚地望着爱人，再不知用什么话表达自己内心的感想。

杨放之似看出了妻子内心的情绪，他笑着将斯大林的话重复了一遍:"共产党员是用特殊材料制成的。"

黄励越发使劲攥住了爱人老杨的手,如果说她两次的人生选择都正确的话,那么政治上她选择了共产党,生活上她选择了杨放之。共产主义是她的人生理想和目标,爱人杨放之是她的伴侣和依傍。

爱情的结晶——一个小生命就这样在两个年轻的革命者的生活中迅速消失了。

而此时,扑朔迷离的政治风云正令人难以预料地变幻着。

1930年底,莫斯科中山大学关门后,米夫又代表共产国际到上海参加中共六届四中全会。

1931年1月7日,六届四中全会在上海秘密召开。会议根据米夫的旨意,撤销了瞿秋白、李立三的政治局委员身份,而王明却从一个普通的党员被补选为中央政治局委员,窃取了中央的领导岗位,从而开始了"王明路线"时期。

米夫也因此达到了控制、操纵中共中央的目的。

1月15日中共苏区中央局在江西宁都成立,周恩来任书记。周恩来到任前由项英代理书记。

1月,何孟雄、林育南、李求实①等党的干部在上海被捕,2月被杀害。同时遇害的还有柔石、胡也频、冯铿、白莽等左翼作家。

9月18日日本帝国主义制造"九一八"事变,开始大举侵占中国东北。东北各阶层人民和爱国官兵纷纷组织抗日义勇军等各种形式的抗日队伍。

中国共产党在抗日义勇军中积极开展工作,并组织党领导下的抗

---

① 李求实,出生于一个破落的书香门第家庭。从小跟着父亲念书,小学毕业后越级考上武昌高等商业学校。湖北武昌人。1919年五四运动时,参加武汉学生大示威游行,积极投入恽代英创办的利群书社的活动。参与组织领导京汉铁路"二七"大罢工。1925年与萧楚女等一起组织河南书店,发行《中国青年》,扩大宣传,并成立了"河南青年协社"。1927年在共青团第四次代表大会上当选为团中央委员,任团中央宣传部长。1930年3月,参加中国左翼作家联盟工作,并担任了苏维埃代表大会准备委员会上海办事处负责人。1931年在上海被捕牺牲。

日武装。

"九一八"事变标志日本帝国主义侵华战争的开始,也是中国抗日战争的起点。中国人民的局部抗战揭开了世界反法西斯战争的序幕。

9月,王明到莫斯科担任中共驻共产国际代表,周恩来将赴中央革命根据地,根据共产国际远东局提议,中共临时中央政治局在上海成立,由博古(秦邦宪)负总责。

……

错综复杂的国内政治形势,让远在异国他乡的黄励和杨放之再也无法安宁了,两人傍晚散步的时候,看到生活得有滋有味的苏联人民,黄励忽然跟杨放之说:"老杨,尽管这里的工作很需要我们,但我觉得我们更应该回到国内参加革命斗争,你说我的想法对吗?"

杨放之眼睛忽然一亮,认真地看着黄励说:"你的想法竟与我不谋而合,我也是这么想的。"

黄励立刻说:"那我马上向组织写申请报告,请求回国参加革命斗争。"

1931年9月,黄励请求回国参加革命斗争的报告获准,她和爱人杨放之一路奔波,于同年10月份从苏联返回上海。

关于黄励在莫斯科中山大学的这段历史,雨花台革命烈士档案里有这样一份资料证明,证明人叫陈修良[①],她当时也在莫斯科中山大学

---

① 陈修良(1907—1998)浙江宁波人。1926年加入中国共产主义青年团。次年转入中国共产党。1930年毕业于苏联莫斯科中国劳动者共产主义大学。抗日战争胜利后的1945年10月,陈修良被中共中央华中分局任命为该局城工部的南京工作部部长,常驻六合县。不久,华中分局副书记谭震林亲自找陈修良谈话,要她潜入南京,去担任南京市委书记。1947年初,因内战进一步扩大,国统区内通货膨胀、物价飞涨,经济危机加剧,国民党征兵征粮、加捐加税,造成民怨沸腾、民变蜂起,争生存、反内战的呼声一日高一日,中共中央要求各地党组织逐步将爱国民主运动推向高潮。根据中共上海分局的指示,陈修良领导南京市委毅然承担率先发动斗争的重任,在进步力量和民盟等民主党派支持下,于5月上旬陆续在国立中央大学、私立金陵大学等,以争取公费待遇为由发动罢课、请愿,直至串联沪、苏、杭地区十六所专科以上学校代表参(转下页)

学习过，证明材料上的时间是1970年5月30日，陈修良当时的身份是右派分子。

1970年5月30日，被打成右派分子的陈修良在黄励的证明材料上写道：

"黄励是1925年去苏联留学的，我在1927年11月间进莫斯科中山大学时，她已经当了翻译。她是被哪个机关派去的，我不知道。她当时是党员，爱人杨放之也当翻译（杨是前国务院的副秘书长）。

"黄在留苏期间是一个相当有活动能力的女同学。1927年至1928年间任过工会的女工委员会主任，经常组织一些女同学到各工厂去宣传中国的工人运动。她是反对王明反党宗派小集团的一个女将。后

....

(接上页)加。5月20日国民参政会四届三次大会开幕当日，在南京爆发了五千多名学生参加的挽救教育危机联合大游行，反饥饿、反内战的口号响彻石头城。实行灵活的"休止罢课"，将原"六·二"上街游行示威改为校内集会，使国民党准备再次对学生施行镇压的阴谋没有得逞。这场由南京发起的学生运动的风暴迅速席卷全国，引发了全社会各阶层人民的斗争，形成了被毛泽东高度评价的继军事战线之后，对国民党反动派进行斗争的"第二条战线"。在陈修良的直接领导下，中共南京市委先后提供了大量有价值的情报。对渡江战役、解放战争的胜利以及人民政权的巩固作出了重大贡献。为配合人民解放军的攻势，陈修良领导的市委还先后策动国民党空军B—24重型轰炸机起义、国民党海军"重庆号"巡洋舰起义、国民党军九十七师即首都警卫部队起义、江宁要塞起义，南京大校场机场塔台、431电台起义等。这些起义、倒戈事件由于发生在临近解放的前夕，因而具有特殊的军事、政治意义。对于南京地下市委的情报、策反工作，周恩来、刘伯承、李克农等领导人曾给予高度评价。南京解放前夕，被关押在南京各监狱的共产党员和进步人士，都面临着被垂死挣扎的敌人疯狂杀害的危险。陈修良果断地决定，由市委领导下的学委委员沙轶因，以共产党员的身份出面，做通其姐夫、国民党政府检察署检察长杨兆龙的工作，经过杨的努力，释放了南京监狱里的所有政治犯，创造了地下党工作史无前例的奇迹。南京这座世界名城，终于在人民解放军的胜利进军和南京地下党的悉心保护下，于1949年4月23日，完整无损地回到人民手里。她是南京地下党负责人。在军警林立的国民党政权的心脏，她居然能够在陆海空三军和警察部队中，都发展和安插了中共地下党员，甚至在保密局、国防部和美军顾问团这样极其重要的机构内，也都发展和安插进中共地下党员。正是由于以陈修良为首的中共南京地下党的有勇有谋，大量绝密的军事情报通过各种渠道汇集到渡江作战的解放军手中。如《京沪杭沿线军事部署图》《长江北岸桥头堡封港情况》《江宁要塞弹药储运数量表》《京沪杭作战方针及兵力部署》等。这些情报为解放军的渡江作战提供了巨大而独特的帮助。没有南京地下党的富有开创性的工作，解放大军渡江将会遭遇很多麻烦，会增加大量的人员伤亡。

被王明所排斥、打击，1928年后没有让她再担任支部的领导工作，只当普通的翻译。 1929年下半年或1930年初她同杨放之一起被派到远东地区搞国际工人运动工作，这段时期的情况，可问杨放之。 她和杨放之大约在1931年上半年回到上海工作，据听说她担任过国际赤色济难会中国分会的党组书记。 大约1931年或32年被捕后（此处陈的记忆有误），壮烈牺牲。

"同黄励同一时期去苏联留学的女同学有李培英（王若飞爱人）、张琴秋（前中央纺织工业部副部长），1927年以前的黄励情况，这两人可能知道一点。"

1977年1月，时任北京图书馆副馆长的杨放之，在南京开会期间凭吊了雨花台，参观了陈列室。 17日下午，在南京饭店老楼30号房间，田克琳对其进行了采访，并整理出一份材料，记录如下：

"黄励在中华大学学习情况，我听她说过，生活艰苦，学习勤奋，1924年底考入武汉中华大学，这一段情况夏之栩可能了解，夏之栩是湖北人。 黄励是旅莫斯科支部一员，她对旅莫斯科支部发展壮大做了很多工作。 旅莫斯科支部与旅欧支部类似，是中国党，不是苏联党。到1926年凡旅莫斯科支部都要加入苏联共产党。

"1925年10月到苏联莫斯科中山大学学习的有三部分人：一、党员；二、共青团员、国民党左派；三、国民党右派，这部分的较少。

"黄励对旅莫斯科支部党的发展做了很多工作，她工作积极、情绪很高。 白天找人谈话，夜里还找人谈话。 她经常到旅莫斯科支部办公室汇报工作，黄励只是中山大学的学生，中山大学成立马列主义教研组，苏联教师伏尔卡担任主任，黄励是马列主义教研室的助理，帮助伏尔卡工作。 1927年托派活动得厉害，中国问题是大反斯大林。苏联共产党组织批判托派的大会，伏尔卡组织筹备这次批判大会，列出提纲落实到人做准备。 黄励做了很多具体工作，这次会开得很成功，真正是摆事实讲道理，狠狠打击了托派的嚣张气焰。

"二十八个半与'四人帮'差不多，扣帽子、打棍子。 他们斗争的矛头是对瞿秋白、邓中夏等的中共代表团,他们造谣污蔑,说这个是右倾,说那个有错误,对他们的做法多数人是反对的,就像现在党内的人心所向一样。 大家认为大家出生入死,他们是些青年学生。 他们的后台是中山大学的校长米夫。 黄励立场坚定,旗帜鲜明,黄励对他们很愤慨。 黄励遭到他们的打击。 后来中共代表团把我们调到海参崴工作。

"中共六届四中全会他们活动得更厉害,钦差大臣满天飞。

"到海参崴工作是邓中夏派的,时间是1929年初。

"中共代表团分工是:瞿秋白担任共产国际代表,邓中夏担任赤色职工国际代表。 欧洲是以城市中心发展工会,当时还有黄色的工会。赤色职工国际与黄色职工国际相区别,这是列宁领导的第二国际提出的,在列宁的领导下,赤色职工国际战胜了黄色国际。 王若飞担任农民国际的代表。

"1928年底,在海参崴召开太平洋职工会议,参加的国家主要是太平洋沿岸国家,中、日、朝,美国没有参加。 要求联合起来,统一行动,在这个会议上决定成立太平洋职工秘书处,黄励是指定参加的,但后来成为交通联络点,成为赤色职工国际的分支机构。 出版《太平洋工人》刊物,一月一期,黄励是这个刊物的编辑。 在这个刊物上介绍各国的工人运动情况、方针、任务。 黄励给这个刊物写过不少文章。 这个刊物秘密发行到我国东北。 有两条路进入,一条是海参崴运到哈尔滨,另一条从海路海参崴运到大连。

"1928年在德国柏林召开的世界反帝大同盟会议,黄励参加了,是苏联领导下的反帝群众团体,比太平洋职工秘书处更广泛,当时主要是反对英帝国主义。 类似在北京的缅甸党和印尼党。 参加这次会议应该是从国内派代表参加,但当时中国国内情况困难,因此从在苏联的中共代表团中派代表参加,会议是1928年秋天召开,时间个把月。

"黄励1931年从苏联回国。

"黄励在江苏省委组织部工作、互济总会工作情况,我不太清楚。我从苏联回国在上海沪西区委工作被捕入狱,我是在监狱里听说黄励牺牲的。这段情况可以问一下罗俊和黄静汶,他们二人都是在黄励领导下进行工作,黄静汶是黄励的同乡,罗俊的入党介绍人还是黄励。

"罗俊,外文出版局局长;黄静汶,纺织工业局。

"了解黄励的还有:夏之栩,在中山大学学习过。

"章汉夫,原在外交部工作,据说已死。

"李培之,王若飞的爱人,原北京人民大学副校长,现撤销与其他学校合并。

"黄励在莫斯科还有两个要好的女同学,回国后就消极了,打听到这两个人的下落,可以提供黄励的情况。

"钱英1966年说过,黄励在监狱送过些小衣服给她,1936年我在上海文委工作,有一个非党大学生交一本手稿给我,封面是W丽,主要是描写监狱生活,当时没有条件出版,我就还给那个人了。

"张仲实,马列编辑室副局长。

"徐以新,外交部驻阿联酋大使,他是二十八个半的半个,他能知道我党与二十八个半斗争情况。

"杨尚昆在陕西工作,他爱人李伯钊,杨是二十八个半的红人。

"我知道的张闻天、王稼祥、陈昌浩①、张琴秋他们也都是,但都已死了。"

从这些证明材料上看,黄励在莫斯科中山大学的历史无疑在"文革"中被上级组织调查,但真金不怕火炼,历史逃不过时间的检验,黑就是黑,白就是白。

----

① 陈昌浩(1906—1967),又名陈海泉,曾用名苍木。出生于武汉市汉阳县永安堡戴家庄(今武汉市蔡甸区奓山街),中国共产党的优秀党员,忠诚的无产阶级革命战士。1926年,到莫斯科中山大学学习。1930年11月回国后,加入中国共产党。1934年1月增选为候补中央委员,同年被选为中华苏维埃共和国中央执行委员;他是鄂豫皖苏区和川陕苏区党政军"三驾马车"(张国焘、陈昌浩、徐向前)之一;曾任红四方面军的总政委、西路军军政委员会主席,参加过斯大林格勒保卫战,获"卫国战争奖章";1951年回国,担任中央编译局副局长等职务;1967年含冤辞世,1980年恢复名誉。

腥风血雨上海滩

二十世纪初是中国的大转变时代，催生了各种抉择的探索。这个过程经历了破坏性的、革命性的巨变，触及了国家的政治、经济和社会结构的各个方面，这些巨变最显著的地方是中国的大城市，而在这些大城市中，上海又是最典型的。它有三个地界，一个是以英租界为主的公共租界，一个是法租界，最后一个是中国地界。

中国共产党中央委员会的本部，就设在上海的租界内。

二十世纪二三十年代，中国政界两大民族革命政党——国民党和共产党,都在寻求重塑中国的政治模式,当这场政治革命波及到上海的时候,可谓腥风血雨,使上海成为极其复杂的地方。

1931年4月,中共中央特科负责人顾顺章在武汉被捕叛变,国民党武汉行营主任何成浚和特务机关连续向蒋介石、徐恩曾发出顾顺章叛变的电报,均被中共卧底钱壮飞①截获。

钱壮飞立即派人赶到上海向中共中央报警。

周恩来、陈云等领导采取紧急措施,利用这宝贵的三天时间进行了空前规模的大转移。

向忠发、周恩来、王明等时任中共中央一些最重要机关的领导人都撤离到了更加隐秘的住所。

但是中共地下组织还是遭到了极大的破坏,先后被捕的有八百多人,中央特科也遭到大破坏,一些来不及转移的机关如中央军委保卫组、红旗报社、中央地下印刷厂等都被破获。

9月,黄励与爱人杨放之回到了上海,他们刚刚走出码头就感到空气中的腥风血雨,此时的上海白色恐怖正在激烈上演,每天都有中共党员和进步人士被捕。

上级党组织很快为杨放之和黄励安排了工作任务。

杨放之任中共江苏省委党报委员会委员、中共沪西区委宣传部

---

① 钱壮飞,1895年生于浙江省湖州一个商人家庭。1915年,考入国立北京医科专门学校(今北京大学医学部),1919年毕业于国立北京医科专门学校(今北京大学医学部)。后留京行医,还教过美术和解剖学,演过电影,擅长书法、绘画和无线电技术。1925年经内弟介绍,他和夫人张振华在北京加入中国共产党。1927年,大革命失败后,钱壮飞曾到冯玉祥的西北军当军医,因饷饷严重、家计无着又去上海,一时失去组织关系。翌年,他在报上看到无线电训练班招考广告,经考试以第一名的成绩被录取。钱壮飞无意中进入的这个训练班,属于国民党新建的特务组织。钱壮飞考入训练班后很快显示出过人才华,又与特务头子徐恩曾是同乡,徐表示要调他当机要秘书。他感到关系重大,马上通过各种途径找到李克农,向党中央请示。周恩来得知后认为机会难得,提出要将国民党的特务组织拿过来为我们服务,并决定让李克农、胡底与钱壮飞组成特别党小组。直接归中央特科单线领导,随后经钱壮飞介绍,李克农、胡底也进入了国民党特务机关,并受到徐恩曾重视。成为上海、天津方面的重要负责人,从而在国民党情报系统中打进了一个"铁三角"。2009年9月14日,他被评为一百位为新中国成立做出突出贡献的英雄模范之一。

长,组织上要求他先在海员中开展反日救国活动,并联系纱厂工人,发展党员、建立党组织。

黄励任中国赤色革命互济总会主任兼党团书记。这是党领导的革命群众组织,是党的外围组织之一,以反对帝国主义和国民党的血腥镇压,反对逮捕屠杀革命者,反对白色恐怖政策,争取释放政治犯,援救被捕革命战士,救济死难烈士和被捕同志家属为主要责任,并在发展互济会的过程中发展党员,协助地方党组织在空白地区建立支部。

按照组织的要求,杨放之与黄励不能在一起生活,与黄励一起生活的是一位朱姓老妈妈,另有一位男同志罗俊①和朱老妈妈的女儿朱小云,他们作为朱老妈妈的儿女,还有彭湃的大儿子阿松,对外称是朱老妈妈的孙子,他们组成一个家庭,以掩人耳目。

黄励住亭子间,家具一床一桌另加两把椅子,简单得不能再简单了。

杨放之在沪西区委工作,他和黄励一两周才能见上一面。

在革命理想高于天的年代,亲情让位于理想,让位于工作,是再正常不过的事情了。年轻的革命者从未想到过抱怨,他们的精力全部投身于轰轰烈烈的革命之中了。

黄励甚至没有时间思念爱人,她白天在外边奔波,夜里很晚才能回家,遇到紧急情况随时都要跑出去想办法解决,睡一个完整的觉在

---

① 罗俊(1913—2003),江苏昆山人。大夏大学肄业。1930年参加革命工作,1931年加入中国共产党。曾任大夏大学党支部书记、中国革命互济会全国总会宣传部部长。1932年被国民党当局关进监狱。在身陷囹圄两年多的时间里,他坚贞不屈,保持革命者的崇高气节。1936年日本东京农业大学本科毕业。同年回国,后任中国工业合作协会总会视察,中国农民银行上海分行副经理,复旦大学、上海商学院教授。新中国成立后,历任中国人民银行上海分行副行长,华东合作事业管理局副局长,中国农业合作银行副经理,北京农业银行副经理,中华全国供销合作总社财会局局长。1958年任对外文化联络委员会副主任,后分管对外书刊工作。1961年3月兼任外文出版社社长。1978年4月任国务院港澳办公室副主任。1979年3月1日起历任外文出版发行事业局局长、党组书记、顾问。罗俊同志还曾任中央对外宣传小组成员,中国工业合作协会理事长等。罗俊同志是中国共产党第十二次全国代表大会代表,第三届全国人大代表,第六、第七届全国政协委员。因病于2003年12月29日在北京逝世,享年九十岁。

她已经是十分奢侈的事情了。

中国赤色革命互济总会的任务就是在党的领导下援救被捕的革命战士,救济死难烈士和被捕战士家属是她的工作职责。

"共产党员是用特殊材料筑成的",黄励经常想起斯大林这句话,并用这话激励自己。

在上海日租界,日本帝国主义工厂主勾结中国的反动统治者,对工人进行残酷的镇压和严厉的管制,工人们遭打骂和禁闭已经成了家常便饭。

沪西区是日本纱厂集中之地,区的中心地点在小沙渡路上,那里矗立着一座高大的自鸣钟,自鸣钟从白天到夜晚分秒不停地转动着,它用时间记录着岁月的沧桑,同时也记录着劳动者的血汗。

自鸣钟的周围,有许多工房,这是工人们聚集的地方,这里的工人住得比较集中,人数众多,有着极其光荣的历史,共产党曾经在这里领导工人向帝国主义工厂主和中国的反动统治者进行过英勇斗争,顾正红①烈士就是在这里流尽了最后一滴血,为工人阶级的利益牺牲了自己的生命。

白色恐怖下的上海,党的地下工作十分隐秘,上下线都是单独联

---

① 顾正红(1905—1925),江苏阜宁人,幼时家境贫寒,十六岁随母亲逃荒至上海谋生。1924年,顾正红参加中共地下组织开办的补习学校学习。期间,参加沪西工友俱乐部,受到邓中夏、恽代英等人革命思想的影响,成为俱乐部中的积极分子。1925年2月,上海二十二个日本纱厂的四万多工人举行大罢工,反对日本资本家无理开除工人。顾正红参加工会纠察队。顾正红在斗争中表现积极,被吸收加入中国共产党。5月初,日本资本家借口"棉纱贵",撕毁协议,解散工会,停工关厂。5月15日,内外棉七厂日本资本家关闭工厂,拒发工资。在中共地下组织的领导下,顾正红带领工友与厂方斗争,率先冲开厂门。面对持枪的敌人,顾正红挺身站到工人队伍的最前头,领着工友高呼"反对东洋人压迫工人!""不允许扣发工钱!"等口号。该厂大班川村等早已注意顾正红。此时见顾正红带头斗争,便立即对准他开了枪,子弹击中顾正红的左腿,鲜血淋漓。顾正红怒视敌人,忍痛高喊:"工友们,大家团结斗争啊!"川村又连发数枪,顾正红终于倒在血泊中,工友们见状满腔怒火,蜂拥而上,同敌人展开英勇搏斗。罪魁元木、川村在武装巡捕的保护下狼狈逃窜。顾正红被工友们送往医院抢救。5月16日,顾正红终因伤势过重,抢救无效而牺牲。

系,当时帅孟奇①听说中国共产党江苏省委派一批女同志到沪西区的工人中去开展工作,这里就有黄励同志。

帅孟奇负责与黄励接头,这使她十分欣慰,她们是在莫斯科中山大学的同学,她对黄励的印象很不错,生活朴素,很有才能,文化程度高,俄文很好,同时也懂德文和英文。她还会写文章、编歌子。1928年,她曾与瞿秋白到柏林参加世界反帝大同盟会议,不久前才从远东海参崴回到中国,她原来在海参崴职工会工作,回到上海组织上就分配她担任中国赤色革命互济总会主任兼党团书记。

帅孟奇与黄励见面的时候,黄励特别愉快和兴奋,她将自己在海参崴的所见所闻毫无保留地告诉了久别重逢的老同学。

黄励说:"我在海参崴职工会工作时,那里的工人们很关心中国工人受帝国主义和资本家压迫剥削的情况,同时也听到过中国工人与资本家进行斗争的消息。我能够到上海工作,这是我多年的愿望,可以说是回到锤炼自己的熔炉里来了。但我感到自己对这项新工作是生疏的,请组织上给予多多的指教。"

帅孟奇立刻将自己掌握的日本纱厂的情况和工作中会遇到的困难详细向黄励作了说明。

帅孟奇说:"你是从自由环境里回来的,要在白色恐怖的环境中工作,不仅要吃苦耐劳、无所畏惧,还要机智灵活,我们是什么情况和困难都会遇到的。"

黄励听罢,信心十足地说:"工作中的困难只要大家齐心协力想办法就一定能克服,我既然回到了中国的环境里,就要做啥像啥,我进工厂就要像女工,我进校园就要装扮成学生和教授……只要深入到群众中去,工作还是有办法的。我希望能深入到基层去工作,培养和训

---

① 帅孟奇,女,1897年1月生于湖南汉寿县贫苦农家。1926年入党,先后任汉寿县委委员、江苏省委妇女部长、湖南省工委秘书长、陕甘宁边区政府甄别委员会主任、中央妇委秘书长、中央组织部副部长、中纪委常委等职,在长期的革命生涯中为党和人民做出了重要贡献。

练一批干部,不管是大学还是工厂,都要对互济会的干部进行培训,增强他们的信心并改进工作方法,请组织上同意我的请求。"

帅孟奇感到眼前的黄励不仅工作有办法有魄力,而且热情似火,浑身散发着一种积极向上的力量,党组织特别需要这样积极肯干的革命同志。 于是,她立刻将黄励的想法向上级组织作了汇报。

很快,上级组织就同意了黄励的请求。

这次接头,让帅孟奇心里踏实,黄励的工作热情如火一样燃烧,并温暖激励着人心。

黄励是个雷厉风行的人,说干什么就要马上付诸行动。

这天,黄励在跳蚤市场买了许多旧衣服,这些旧衣服款式不同,风格各异,有的质地还不错。

黄励带回家,该拆的拆,该缝的缝,然后她就坐在灯下的缝纫机旁开始了劳动,她脚踏缝纫机,在哒哒哒的机轮转动下,一件件风格不同的衣服被改制了出来。

……不知过了多久,黄励感到腰酸背痛了,才停下机子,望着自己亲手改制的不同风格的衣服,欣喜地将一件又一件的衣服试穿在身上,站在镜子前,她忽而变成了学生,忽而变成了教授,忽而又变成了工人……

站在一旁的朱妈妈看得目瞪口呆,惊讶黄励竟怀揣着如此绝技。

朱妈妈夸赞说:"想不到你一个年轻轻的女孩子,竟然会做衣服,还做得这么漂亮。"

黄励被朱妈妈夸赞得越发来了兴致说:"朱妈妈,以后家里人的衣服就不用买了,看好了布料我自己做就行了,这样可以省去一大笔工钱呢。"

朱妈妈心有不忍地说:"你已经够累了,回到家又抢着做家务,洗衣服打扫卫生烧菜,如果再做衣服,那你真成了用人了。"

黄励笑道:"朱妈妈,我们没钱雇保姆,家里的事情一大堆,我抢着干点也是应该的。 既然我们是一家人,女儿哪有不心疼妈妈的呀。"

朱妈妈被黄励的几句话说得心里暖融融的。

黄励不仅对朱妈妈体贴,对革命烈士彭湃的大儿子阿松也特别疼爱。

阿松原来和祖母在一起,生活非常困苦,一日三餐难饱腹,经常吃了上顿没下顿。

党组织把阿松交给互济会让好好抚养。

阿松来到朱妈妈家,黄励一有空闲就给阿松讲父亲的革命故事,教他学文化。

黄励跟阿松说:"你爸爸彭湃是中国农民运动的杰出领袖,他1917年东渡日本求学,1918年入早稻田大学政治经济科,虽然出身地主家庭,但他积极参加中国留学生的反帝爱国活动。他是被国民党反动派在南京杀害的……"

每逢黄励讲这些故事,阿松都认真地倾听,他小小的心田里已经悄悄埋下了革命的种子。

可惜天有不测风云,阿松后来竟出了意外。

一天,济总组织部长王嵩带阿松到法租界去玩,有人在路边叫卖酸梅汤,阿松口渴,想喝酸梅汤,王嵩只好买了一碗给他喝。谁知酸梅汤不干净,阿松回来后竟患了流行性脑炎,送到医院抢救无效死亡了。

这事太出人意料了,这是谁都不愿意看到的悲剧。

最伤心悲痛的就是黄励了,她哭得几乎成了泪人,有相当长的一段时间,阿松的身影总是在他的眼前晃动,以致她跟爱人杨放之在一起的时候,仍被此事影响着心情。

杨放之起初不知道此事,便不解地问:"我们都半个多月未见面了,见到我,你怎么阴沉着脸不高兴啊?"

黄励忽然哭了起来:"我能高兴吗? 彭湃的儿子阿松死了……"

杨放之惊讶道:"什么? 阿松死了,怎么死的?"

黄励解释说："是喝了不干净的酸梅汤，患流行脑炎死的。孩子的爸爸为革命牺牲了，我们活着的人却没能保护好烈士的孩子，我们辜负了组织的信任，更对不起彭湃烈士啊。"

黄励又哭了起来。

杨放之不由叹息道："人生的意外真是难预料啊。"见黄励伤心不已，便安慰她说："既然事情发生了，就让它过去吧，你为此总是心情不好，会影响工作的。"

一提到工作，黄励的精神头又来了，她告诉爱人自己正在熟悉上海，并想方设法提高工作效率。

杨放之叮嘱他多加小心，黄励笑道："我会化装，敌人是发现不了我的。"

黄励说着，就拿起自己缝制的各式衣服穿给爱人看。

杨放之欣赏地望着黄励说："百变神通，我真是服了你了。"

这天，黄励特意为杨放之量了身材，她想为爱人缝制一套衣服，他们的工作性质需要在不同的场合穿不同的衣服。

上海这个地方本来就是以衣帽取人的，人靠衣装，遇到要应付的场面，没有一套得体的衣服就会掉了身价，甚至可能暴露自己真实的身份。可他们又没钱，所以黄励要自己动手缝制衣服。

短暂的相会很快就要过去了，长夜好像故意在两个年轻人面前缩短了，不留给他们更多缠绵的机会。

天刚亮，黄励就起床了，她已经拿起了剪刀，准备动手干活了。

杨放之说："你悠着点吧，要注意休息，毕竟是女同志。"

黄励笑道："我是铁打的，难道你不清楚吗？"

黄励说着，又踏响了缝纫机。

杨放之在爱人黄励的劳动声中离去，这对住在上海的"牛郎织女"，下一次见面还不知道是什么时候呢。

不知疲倦的"黄铁匠"

黄励每次出门,包里都要带上一套衣服,如果她今天要到学校去做学生的工作,那么她包里一定会带上一套普通工人的服装,为的是从学校里出来甩掉跟踪她的特务。

1931年的上海,特务特别多,用多如牛毛来形容可能都不过分。

特务们构成一个凶狠、残忍、令革命者防不胜防的魔鬼世界,他们随时都会从某个角落冒出来,让革命者突遭围困。要是某位革命者被特务盯住了,迟早会落入他们的魔掌,然后将面对坐牢和酷刑,如果革命者意志不坚定的话,信仰将被颠覆，人格也将发生本质的改变，成为出卖同志的可耻叛徒。

或许每个投身革命的人都未曾设想过自己会当叛徒，可最终当叛徒的时候却身不由己。

沪西有几所大学，为了开展工作，黄励首先要培养和训练干部。

她先在大厦大学办了学生干部训练班，又在日华纱厂办了工人干部训练班，黄励亲自讲课，讲《共产党宣言》，讲马列主义，讲国内国际局势……这么多年的学习和见闻经过大脑的总动员，悉数派上了用场，化为一种精神动力。

黄励讲道："列宁曾说，无产阶级政党不仅要走入工人阶级群众中去，还应走入社会各阶级中去，以利用他们的力量。"

……

训练班的干部经过学习，增强了信心。

黄励想要更好地工作，必先学会伪装自己，她不光为自己缝制了多套旧衣服，还准备了假发，她走进校园的时候，一定是穿学生装，梳童花头。

因为闹学潮学运，校园早已被特务盯上，同时这几所大学又是共产党频繁活动的地点，黄励经常装扮成学生参加反帝大同盟的集会，她的演讲极富煽动性，有次刚刚演讲完，黄励不经意往人群里瞟了一眼，发现有几个便衣特务正朝她这里挤眉弄眼使暗号，黄励急中生智，一把扯下头上的童花头假发，在她冲进人群的时候又快速从手包里掏出眼镜戴上，并随手扯下身上的小外衣，只剩下一件素花旗袍，这样她面对特务的时候就是一个文静的女教授了，与那位极富煽动性演讲的女学生丝毫扯不上边。

特务们在人群里挤来挤去，数双眼球几乎都要瞪出来了，他们煞费苦心、上天入地的寻找竟让一个激进演讲的女学生在眼皮底下溜掉了，这让特务们十分懊恼，他们工作的失职会遭到顶头上司谩骂的。

而甩掉特务的黄励，此时已装扮成教授又参与到校园反帝大同盟的游行队伍中去了。

黄励利用自己化过装的教授身份观察特务，保护学生。

"九一八"事变后，蒋介石的不抵抗政策，让民怨民愤达到了沸点，这种情绪在校园尤其突出，学生反帝大同盟组织经常集会表达这种情绪。

黄励刚刚落脚到上海就积极参与其中，她既是组织者又是施救者，一旦学生和老师被警察逮捕，她要设法组织营救。

除去沪西的几所大学，黄励跑得最多最勤的地方还有工房，她去工房之前，首先要把自己精心装扮一番，穿上用旧衣服改制的女工服，她的穿着甚至比女工还破，这样她与工人们交谈起来就没有距离了。

黄励最初接触工人们的时候，主要跟他们聊家常聊生活，诸如家里有几口人啊，日子过得怎么样啊……

工人们见她平易近人，与自己没什么区别，也就从心理上接纳了她，这样黄励就可以更深入地跟他们交往了。

黄励自从跟工人们深入地交往，发现工人们的家境都十分贫寒，有的家里常年有病人无钱医治，有的家里小孩从未穿过新衣服，还有的家里又脏又乱……总之，一个穷字概括了他们的生活。

黄励触景生情、有感而发地趁此机会给工人们讲革命的道理。

黄励说："知道我们为什么穷吗？不是我们天生就应该穷，也不是我们愚笨挣不到钱，而是我们创造的劳动价值都被资本家掠走了。"

工人们很赞同她的话。

有天她去看望一个病人时，病人跟她诉说了工厂主的无情。

病人说："我身体好时，每天加班加点为工厂干活，工厂主几乎榨干了我身上的血汗。现在我生病了，工厂主就一脚把我踢出门外，真是令人伤心啊。"

黄励趁热打铁、接着他的话说："你身体好时拼命为资本家赚钱，现在你身体病了，资本家不管你了，这说明资本家是靠不住的，靠他们也是养不好病的，我们还是要靠自己，首先要心情愉快，把病养好了，咱们工人团结起来，跟资本家斗争。身体就是斗争的本钱，一定要把身体养好啊。"

她的一席话，让患病的工人心灵得到很大的安慰。

黄励看到患病的工人妻子又要照顾病人又要照顾孩子，一时忙不过来，就主动上门帮她做家务，烧饭做菜收拾房间，她还为小孩量体裁衣，亲手为孩子缝制了一套新衣服。

患病的工人妻子感动得不知说什么好，觉得黄励就是自己的贴心人，黄励询问什么，她就告诉什么，对黄励不藏一点心机。

时间久了，工人们都把黄励当成了自己的贴心人，有什么话都跟她说，她也就频繁地给工人们讲述革命道理。

为了更广泛地宣传革命，让工人们深刻认识到资本家对自己的剥削，黄励自编了歌曲教给工人们传唱：

北风呼呼声怒嚎，
手提饭篮往外跑，
望一望工厂未到，
哎哟、哎哟……
望一望工厂未到。

马路跑过两三条，
两只脚腿都酸了，
去迟了厂门关了，
哎哟、哎哟……
今天工钱罚掉了。
……

这歌曲很快就在工人们中间传唱开来，宣传效果出奇的好。

黄励因此赢得了众多工人的爱戴，工人们遇到什么困难，或有思想上解不开的疙瘩，总喜欢找她谈心，黄励也会很快为他们找到最佳答案。

黄励工作起来是个不知疲倦的人，按现在的话说就是"工作狂"。

她每天都不知疲倦地奔跑，白天召开会议、布置任务，然后就深入到基层去，在纺纱厂找工人们谈心，了解男女工人的不同情况，再到上海的几所大学开展工作，发展互济会组织，培养和发展党员。

晚上回到家里，她还要通宵达旦编写"互济生活"，挤时间给当时党中央的机关报《红旗日报》写文章。

如此高频率地工作，她仍是一副精精神神的面孔，工人们都说她是铁打的，还送给她一个绰号"黄铁匠"。

这天，帅孟奇又要与黄励见面了。

黄励临出门前，特意换上了旗袍，又站在镜子前化浓妆。

朱妈妈走过来看她化妆，不解地在一旁说三道四。

朱妈妈说："化得浓妆艳抹的，一眼看上去就像个阔太太，都不像你本人了。我就不喜欢女人这样的打扮，像有钱的阔佬似的。我还是喜欢看你穿得像普通女工的样子。"

黄励边化妆边跟朱妈妈解释说："上海这个地方是以貌取人的，传说我们共产党是穷光蛋，脏货，今天我出去办事也要穿得体面些，不同的场合要穿不同的衣服。这也是为了自身安全的需要。"

朱妈妈打量着她，忽然悟道："难怪你缝补改制了那么多的衣服，这下我算明白了。"

黄励打趣道："这就叫孙猴子七十二变，每逢变脸都要面目皆非。"

黄励化好了妆，穿上高跟鞋，拎上坤包出门。

每逢与上级领导帅孟奇大姐见面，黄励都要根据不同的见面地点变换服装，今天她们约好了在黄浦江畔的酒吧见面，黄励自然要精心打扮一番自己。针对外面风传共产党是穷光蛋的说法，为了避免麻烦，上级组织与下级见面时，偶尔也会找一些高档的酒吧，彼此都装扮成有钱的富先生和阔太太。

帅孟奇大姐今天也穿了旗袍，黄励与她坐在酒吧的时候，没有人敢怀疑她们阔太太的身份，更不要说与穷光蛋的共产党沾上边了。

她们故意找了一个靠窗子的位置，这样可以看清楚外边的情况。

黄励要了两杯咖啡，一盘甜点，服务生送来后，黄励就开始向帅孟奇汇报最近一段时间的工作。

黄励说："跑了几所大学和工厂，感觉工厂工人们的生活境况糟糕透顶，家庭生活相当困难，有位生病的工人，在工厂上班时，几乎被工厂主榨干了血汗，现在生病了，工厂主一脚把他踢出厂门，回到家无钱治病，妻子急得不知怎么办。我跟他们说要与工厂主作斗争，争取自己的权益，还为女工们编了一首歌子，现在已经传唱开了。"说着，黄励把自己编的歌曲轻声跟帅孟奇哼唱了一遍。

帅孟奇听完黄励的工作汇报，立刻对她的工作给予了肯定，同时又将一个工作难题摆在了她的面前。

帅孟奇说："在沪西的日本纱厂中，喜和纱厂的工作最难做，令人头痛。我们过去曾经调查了一些情况，可是工作一直没有深入进去。这个纱厂的日本厂主很会算计，从乡下找来一些小姑娘，这些小姑娘都是童工青工，一进工厂，就再也不准出厂门了，她们的工钱很少，天天吃不饱饭，每天都在饥饿中度日，一天要工作十二个小时，在地下室睡觉，一下了工就被厂主锁在地下室里，避免她们受到外界的影响。这些小姑娘连新鲜的空气都呼吸不到，根本没有办法同厂外的人接触，因此我们很多人都难打进去做宣传和组织工作。"

黄励见上级领导面有难色，便自告奋勇地说："我设法去试试看吧。"

帅孟奇阴郁的脸一下子舒展开了，眼前这个精明强干又会化装的互济总会主任，既然有勇气向困难挑战，就一定会想方设法战胜困难。

帅孟奇信任地望着黄励说："组织上相信你，同意你的请求。"

这次与上级领导的见面，黄励是愉快的，同时也感到肩上担子的艰巨和沉重，任务就是使命，为了完成使命，黄励必须想出一条又一条的妙计。

黄励每天穿上女工的衣服，趁着天不亮的时候或天将黑的时候，悄悄来到喜和纱厂的大门附近，观察上班和下班的成年女工都走哪条路，就势跟着她们走，注意她们在路上都谈论什么，如果听到她们说了一句不满工厂主压迫的话，就趁机搭话问："工厂主是怎么黑心的？为什么要克扣你们的薪水？"

女工们先是很警惕，莫名其妙地望着眼前这个问话的女人，因为不知道她的来路，彼此相互挤挤眼睛，悄然散去。

黄励自讨了个没趣，内心有点失落，但她并不气馁，继续跟踪女工，凑他们的热闹。

后来女工们发现黄励经常跟她们在一起聊天说话，也就没有什么戒备了。

黄励趁此了解到有几个成年女工住在厂外边，她心里一下子就有了办法。

这天，黄励来到一位女工的住处，这位女工姓杨，黄励叫她杨阿姐。

杨阿姐的家境比较贫困，孩子小，生活负担重。

黄励进屋时，杨阿姐的孩子正在哭闹，黄励将带来的糖果剥给孩子吃，并抱起孩子哄着。

有几个女工住得比较近，黄励一来，她们也都带着孩子凑了过来。

黄励为孩子们发着糖果，听女工们发泄对厂主的不满和牢骚。

待女工们说完了，黄励趁机说："我们一天到晚辛苦劳动，最终还是落个穷困，你们知道这是为什么吗？"

女工们相互望望，不知怎样回答，他们期待着黄励说下去。

黄励用诚恳的目光望着她们说："你们看，我们每天早晨天不亮就进了工厂，天黑了才回到家中，一年到头只领这么一点薪水，有上顿没下顿，又住在这么简陋的房子里，我们为什么要这么苦呀？ 日本人在中国的地盘上剥削中国人，还要霸占抢夺中国更多的地方，如果我们心甘情愿当亡国奴，那就会永远被他们剥削压迫，因此我们要起来反抗，不能像猪羊一样任他们宰割。"

黄励的这番话，让一旁的杨阿姐突然鼻子一酸，眼泪忍不住落了下来。

杨阿姐说："我们就够可怜的了，比我们更可怜的是工厂里那些小女工，她们白天干活，晚上被囚禁在厂房的地下室里。"

黄励趁机问："纱厂里的那些小女工，她们为什么不出来玩玩呀？她们真应该出来透透空气，哪怕到院子里跑一跑也好呀！ 难道要在厂房的地下室里过一辈子吗？"

几个女工纷纷为小女工们鸣不平说："日本人太黑了，让那些小女工没有一点人身自由，简直就是干活的奴隶。"

黄励随即说："那你们就不能想想办法让她们出来吗？"

杨阿姐搭话："我们能有什么好办法想呢？"

黄励沉思片刻说："那我来想想办法吧，等我想出办法来，大家一起行动好不好？"

几个女工说："只要我们能帮上忙，干什么都行。"

黄励回去后就编了一些歌曲，她先教会杨阿姐，再让杨阿姐唱给小女工们听。

通过杨阿姐的关系，黄励跟喜和纱厂的小女工渐渐联系起来了。

沪西有个文化补习学校，是党的沪西区委通过一位进步人士的关系创办的，黄励在这里当教员。 她除了教工人们识字，还给工人们讲革命道理，让工人们明白为什么受剥削和压迫，怎样才能使自己获得解放。

黄励通过喜和纱厂的成年女工串连了一些小女工来听课，她们听了课后，就悄悄在厂里传播革命的道理。

这天，两个小女工吃饭的时候，发现米饭已经霉变了，里面还有三四粒老鼠屎。

其中一个小女工放下筷子悄声说:"我们干那么重的活,吃这么破的饭,拿那么一点工钱,你知道这叫什么吗?"

另一位小女工好奇地问:"这叫什么?"

小女工说:"那我告诉你吧,这叫剥削压迫。"

另位小女工用手指堵住嘴"嘘"了一声,而后用眼睛望望四周,见没有什么人监视,便凑近小女工悄声问:"这些词你是从哪里听来的?"

小女工说:"文化补习学校呀,那里有个姓黄的女老师,讲课可好了,特别生动,她说我们这是在受日本人的剥削压榨,日本人在我们的地盘上开工厂,剥削压榨我们中国人的血汗。"

另位女工急忙说:"那我能不能去听课呀?"

小女工说:"好啊,晚上杨阿姐下班时,我们跟她一道跑出去。"

说者无心,听者有意,这事不知被谁捅了出去,当晚两个小女工和杨阿姐就被抓住了。

日本工厂主勃然大怒,暴跳如雷,扬言立刻将住在外边的几个女工开除,这其中就有杨阿姐,同时对小女工严加看管。

黄励得知情况后,心情十分沉重,于是她向自己的上级领导帅孟奇作了思想汇报。

帅孟奇听后,认真地分析说:"黄励同志,我很理解你的心情,我的心情和你是一样的,虽然女工们被日本厂主处罚让我们心情沉重,但你想过没有,革命的种子在她们心中已经撒下了,她们已经知道了什么是剥削和压迫,不久的将来,反抗剥削和压迫的革命种子一定会生根发芽开花结果的。"

黄励听罢帅孟奇的话,终于大舒了一口气,顿感天地开阔了许多,忍不住说:"还是领导考虑得周全啊。"接着又问:"那今后我应该怎么做?"

帅孟奇略微沉思了片刻说:"局势越来越复杂了,'九一八'事变后，日本人越发肆无忌惮，他们在中国的土地上烧杀抢掠，国民党不但不抵抗反而屠杀共产党，白色恐怖已在全国蔓延，形势不容乐观啊。如今党在上海成立了许多抗日团体，有工人反帝大同盟、学生反帝大同盟、妇女反帝大同盟……反对日本帝国主义侵略中国、反对卖国的统治者。国民党反动政府大批地抓捕抗日群众，被捕的同志太多，互济会的营救任务太重了。"

黄励目光坚定地说："我现在正抓紧培训一批做互济会工作的干部，大量发展互济会员，以营救被捕的同志。"

帅孟奇赞许地说："你的工作方法很对路子，有什么困难要及时向组织报告。"

黄励接过她的话说："我自己能做的事情尽量自己解决，少给组织添麻烦。"

这天晚上，黄励几乎彻夜未眠，她将中国赤色革命互济总会的工作情况大体做了总结，又写了一篇文章给《红旗日报》，揭露日本纱厂对小女工的剥削压榨。

天快亮的时候，她疲倦得再也睁不开眼睛了，于是只好在床上打了个盹，这段时间她难有踏实的睡眠，总有一大堆工作纠缠着她的思维，她刚刚处理了这个工作，又等来了那个工作，工作就是她生命的节奏，她为工作而生也为工作而累。至于她的个人生活早已经排在工作之外，她与爱人杨放之又有很长时间没见面了，爱情的卿卿我我在恐怖的上海滩不得不让位于营救被捕的革命同志和头绪繁多的工作，她甚至没有时间想念爱人老杨，尽管他们同在上海，彼此相隔不远。

白色恐怖下的营救

第二天一早,黄励忙着去见了从东北归来的女革命者黄静汶①。

1931年五六月份,全国互济总会派黄静汶巡视东北传达四中全会精神及互济会工作方针,并促进对在东北被捕的革命同志的营救。在此期间黄静汶被捕,十月辗转回到上海,分配到互济总会援救部当干事。

---

① 黄静汶(1911—2016),女,湖南湘阴人。中国共产党党员,原卫生部妇幼卫生司副司长、顾问,正部长级离休干部。1926年加入中国共产主义青年团。1927年初入中央军事政治学校武汉分校女生队学习。同年转入中国共产党。曾任湘服妇女协会干事、中国革命互济会援救部部长、新生活运动妇女指导委员会乡村服务队指导员,《现代妇女》杂志编辑。1949年出席中国人民政治协商会议第一届全体会议。建国后历任上海市妇联副主任、卫生部妇幼司副司长。2016年3月12日在北京逝世,享年一百〇四岁。

这天她刚刚在旅馆住下,与她接头联络的援救部长赵世兰就告诉她说:"我们的主任是一位女同志,叫黄励,湖南人,年纪轻,有魄力,又有文化,懂俄文、英文、德文……极有才能,而且政治原则性强。"

黄静汶听罢,立刻想见到这位领导同志,在她心里这位领导极其可亲可敬。但她知道,在白色恐怖的环境里,地下工作者必须遵守绝对秘密的原则,她不可能直接去找黄励,只能等待组织的安排。

第二天上午,与黄静汶接头联络的赵世兰又来了,随她前来的还有一位年轻的女同志,她中等身材,行动敏捷,脸上的肤色有点发黑,可能是在太阳光下暴晒的缘故,脸上两道浓密的眉毛高挑到额头,一双大眼睛炯炯发光。

就在黄静汶打量着眼前这位漂亮的年轻女士时,年轻女士上前紧握住她的手,亲切热情地说:"我就是黄励,你没想到我会来吧?"

黄静汶一愣,这简直太出乎她的意外了,上级领导亲自来见她,她是无论如何也想不到的。

黄静汶激动得一时不知说什么好了。

黄励接着问:"你是湖南人吗? 咱们还是老乡呢。"

黄励的话一下子拉近了与黄静汶的距离,让黄静汶放松了紧张的情绪,内心忽然欢喜起来。

"我是湖南人。"黄静汶告诉黄励。

就在黄静汶梳理自己的思绪,准备向黄励汇报工作时,黄励接着说:"你的情况,赵大姐已经跟我谈得很多了。"

黄励于是详细地询问了黄静汶的个人情况以及东北监牢里同志们的斗争和生活情况。

黄静汶汇报说:"我到沈阳后,住在互济会满州济总的一个机关里,工作进行不到半个月,便通知黑龙江、吉林、辽宁三个省的省济总负责人来沈阳开会。 会议在旅馆二楼临街的房间举行,我刚开始讲话,就听见窗外马路上急促的马蹄声,于是急忙顺着窗子往外看,敌人已在楼下包围了我们,大家迅速销毁文件,这时敌人冲进来,我们就被捕了。

"敌人挨个询问姓名,我说我叫王淑贞,昨天才到沈阳,因找不到亲属地址,想在这家旅馆住,看到客牌上的一位南方旅客与我家亲属同姓,便进来打听消息,这房间的人我一个都不认识。……我故意大声说话,让一旁的同志都听清我的假口供。他们也都说不认识我。

"敌人立刻把我们押到沈阳市警察局过堂,彼此仍一口咬定不认识。敌人十分恼火,打我几十手板,其他男同志挨了几十军棍,但都无口供。

"敌人见我真像冤屈的样子,又是妇女,就先将我押到奉天省的'济良所'里,这里关押着从妓院逃出的妇女和女孩子,被人贩子拐带、骗卖的女人,逃跑的鸨头等。有个叫温雅文的教师,负责教育这里的女孩子,是一名军医的妻子。我因为寄押,被安排住进她的房间里。她当时情绪低落十分苦闷,闲聊中得知她丈夫在外另有新欢。我趁机对她讲如何争取男女平等,向她宣传妇女解放和民族气节,反帝反封建思想等。她对我由好感变为信任,渐渐地我们成了朋友。

"我到沈阳后,曾与奉天省立女子第一师范的互济会负责人、女学生王淑雅谈过话,她受省委丁一同志的领导。我写了封信给王淑雅,约她来看我,叫温雅文将此信带出邮寄。我担心原来住处所有文件、印刷机和东北三省被捕同志关押情况等重要材料,我被捕许多天不回去,怕让房东撬门发现,为此寝食不安,急需设法通知组织转移。王淑雅接到信后,立刻来'济良所'看我。趁温雅文上街去买菜时,我急请王淑雅转报组织,迅速将我住处的东西搬走。她告诉我男监已向组织汇报,住处东西全部转移了,我这才大松了一口气。

"满州省委将我被捕情况报告给了上海全国济总。不久,'九一八'事变发生,满州省委又向法官做工作,法官答应以交保和交钱的方式释放我。同案的男同志也经组织营救先后出狱。我出来后,满州省委考虑我留在东北工作不方便,就决定让我返回上海了。"

……

黄励听完黄静汶的讲述，立刻对东北互济会应如何工作进行了细致详尽的考虑和安排。

黄励说："要根据当时当地情况，营救那些拘禁而未判决的同志，使其减少酷刑、减短刑期；还要营救那些已经判刑的同志，争取减少刑期早日出狱；还有如何支援狱中的同志以及东北的组织工作。"

最后黄励要求黄静汶按她的意见给东北互济会写信，甚至把如何写信都跟黄静汶交待明白了。

黄励认真地强调说："我们要坚决执行党中央的指示，党中央十分关怀被捕的同志，他们都是我们革命队伍中的宝贵财富。"

黄静汶与黄励的第一次见面，就让她深受鼓舞。在以后的日常工作中，她发现黄励不仅是个具有顽强战斗精神的人，还是个吃苦耐劳对生活十分有热情的人。

两个湖南老乡立刻成了好朋友。

黄励一有时间就跑到黄静汶的住处闲聊，有时黄静汶不在，黄励就站在外面等候。

为了不让黄励在外面久等而遭遇危险，黄静汶将自己房间的钥匙给了黄励一把。

有时黄励晚上与黄静汶聊得太久了，就索性住在她那里了。

黄静汶特别喜欢与黄励在一起聊天，她聊的都是莫斯科的见闻、列宁的经典著作，这让她大开眼界。

"你看过列宁的《国家与革命》吗？"黄励问黄静汶。

黄静汶说："没看过，你肯定看过吧？"

黄励说："我在莫斯科中山大学读书时就看过了，我读的是俄文原版的。"

"那你快跟我讲一讲。"黄静汶催促道。

黄励说："《国家与革命》是列宁在十月革命前夕撰写的一部关于马克思主义国家学说的经典著作，全书共六章，系统地阐述了马克思主义的国家学说，特别是无产阶级专政的学说，批判了第二国际机会主义的反动国家观，对全世界无产阶级建立和巩固自己的政权具有极其重要的指导意义。"

黄静汶羡慕地说："以后有时间我也要看一下原著。"

黄励鼓励她说："那真是太好了，我希望你看看原著。原著和翻译还是有些区别的。"

"那你教我俄语好不好？"黄静汶试探地问。

"好呀。"黄励一口答应下来，又说："只是我没有专门的时间教你，你要自己抓紧学习。"

黄静汶跟黄励学习了很多新东西，她对黄励的学识十分钦佩。

黄励也对黄静汶的工作很满意，恰逢互济会援救部长赵世兰①调走，黄励指示黄静汶接替她的工作。

黄静汶显出了为难情绪，感到自己力不从心，希望黄励派别的同志来接替这份工作。

黄励只好接受了她的请求。

5月份，黄剑津从沪西调到互济总会担任救援部长，7月份，他又调离，仍由黄静汶接任援救部长职务。

这天，黄静汶来向黄励汇报工作。

黄励正帮着男士们裁剪衣服，她打量着黄静汶说："上海人对穿着极其讲究，现在流传着这样一种说法，共产党是穷光蛋，又脏又穷，所以我们出去一定要穿得体面些，别引起不必要的麻烦。互济会主要是做营救工作的，必须要胆大心细，发展更多的会员就要接近群众，见什么人说什么话。这样我们必须在着装上有讲究，这是很重要的生活细节。"

---

① 赵世兰，1896年生于四川酉阳县。是中国共产党第五次和第八次全国代表大会的代表；第一、三届全国人民代表大会的代表；第三届全国政协委员、中华全国妇联常委、原煤炭工业部机关党委书记。

黄励说着,又亲自为黄静汶量了身材,她边量边说:"等有时间我为你做一件旗袍,你的身材穿旗袍会很好看。"

黄静汶体贴地提醒说:"你工作那么忙,操持家务的事情可以雇个保姆的。"

黄励笑道:"雇保姆很贵的,组织上没有这笔钱,能干的家务我们就自己动手干了,女人多做些家务没有什么不好,掌握一些劳动技能是有益处的,劳动的同时还可以提高思想境界。再说家里多了一个外人,对机关的保密工作也是不利的。"

黄静汶仍坚持说:"感觉你太累了,这样下去会把身体累垮的。"

黄励忽然停下手里的针线活,认真地望着黄静汶说:"干革命就是要不顾一切的,必须要拼命才行,对我来说,每天睡五个小时就足够了。"

黄静汶感慨道:"我真是佩服你的精气神,工人们给你取个'黄铁匠'的外号太恰当了。"

黄静汶走后,黄励看看天色已晚,就化装成学生去见一个学生家长。

国民党反动当局近日抓捕了一批爱国学生,这些爱国学生中有黄励刚刚发展的互济会员,黄励想趁晚上的时间让另一位男同学带她到被捕学生的家中,鼓动家长们向反动当局要回自己的孩子。

黄励出门时,又戴上了假发童花头,在秘密接头地点找到带路的男学生,本希望这男学生跟她疾步前行。可这男学生见到黄励竟一反常态,谎称自己有病,提出请假回家,拒绝再参与互济会的营救活动。

黄励忽然明白他这是害怕了退缩了,被国民党反动政府的白色恐怖吓住了,于是她耐心地开导他说:"你是中国人,看到日本帝国主义侵略我们,屠杀我们的同胞,看着自己的同学亲友在受苦受罪,难道你一点都不动心吗?你告诉我你有什么病?"

男学生低头不语,半晌才怯怯地说:"我的一个老乡死在监狱里了,他家里人哭得死去活来,我爸妈知道后捎信让我回家去躲一躲,我们家就我一个男娃。"

黄励立刻释然道:"果然你是思想有病啊!……试想想,那些被抓起来的同学家长,哪个人不心疼自己的孩子呢,如果我们不去鼓动他们给反动当局施压,要回自己的孩子,你的那些同学随时都可能在狱中丧失生命,你能眼睁睁看到同学受迫害而见死不救吗?"

男学生被说动了心思,但仍有所顾忌,不肯前往。

黄励拉起他的手说:"走,如果特务来了,就让他们抓我,我会保护你的。"

男学生只好带黄励去了同学家中,鼓动家长向反动当局要回自己的孩子。

学生家长们谁也不知道黄励是中国赤色革命互济会的主任,还以为她是孩子的同学呢。

不日,就有数十位家长联合起来去向反动当局抗议,要求释放他们无辜的孩子。

反动当局迫于压力,释放了部分学生。

从学生家长那里回来,黄励摇身一变,又化装成了穿旗袍的阔太太,她通过互济会员找到公共租界一位上海著名的律师潘震亚①,为被捕的同志辩护减刑。

潘律师是江西人,凡在公租界的案子均由他出庭辩护。被捕的人多时,也聘请潘律师同一事务所的黄绍棠、张星垣律师,两人均为广东人。

---

① 潘震亚(1889—1978),原名瑞荣,字震亚,号树庸,别号聱公,笔名胃公。江西省南城县新丰镇汾水村人。法学家。潘震亚出生于江西余江县瑞洪镇。1908年加入中国同盟会。1911年武昌起义爆发,潘震亚毅然剪发,参加新军,决心从事革命。1912年考入江西法政专门学校法律科学习,兼南昌《江西民报》馆担任校对,宣传反帝反清,拥护孙中山领导的革命。1916年毕业。1920年加入中国国民党。1934年加入中国共产党,1937年失去组织联系。1962年12月经中共中央组织部批准,重新加入了中国共产党。1978年5月22日,潘震亚因病在上海逝世,享年八十九岁。邓小平等党和国家领导人送了花圈。

在法租界聘请有陈志皋①律师，其父陈其寿是清朝二品大员，陈父曾在法租界任华人董事会负责人，与法院巡捕房关系十分密切。

说到陈志皋，不能不提到他的爱妻中共神秘女特工黄慕兰②。

1926年，美若天仙的黄慕兰参加中共，年仅十九岁。

1928年12月，黄慕兰接到地下党组织调令，秘密前往上海任中央委员会机要秘书，成为中央特科成员。她还兼任中央的机要交通员，经常与各省来上海找中央联系的地下交通员接头。

黄慕兰后被任命为中共上海互济总会的营救部长，她接受的第一个任务，就是通过陈志皋成功营救被捕的中共领导人关向应。她不仅营救了关向应，还救了周恩来一命，使中国共产党在上海的中枢机构躲过了灭顶之灾。

1930年6月的一个下午，她和律师陈志皋在咖啡馆闲谈，偶遇陈志皋在法租界巡捕房当翻译的同学曹炳生。

闲聊中，曹炳生谈起了巡捕房最近抓到的一个共产党头头，说此人是湖北人，八十岁左右，酒糟鼻子，镶一口金牙，九个指头，是悬赏十万元才抓到的。

----

① 陈志皋，是上世纪三十年代上海法租界的著名律师。其父陈其寿是清朝二品大员，号介卿，在上海法租界做过十八年的会审公堂刑庭庭长。先生负笈上海，初肄业震旦大学，继获上海法学院法学士，遂留学法国专攻法律。学识渊博，回国后执行律师业务，被推为全国律师公会常务理事，于民国十六年参加中国国民党。抗战时，担任全国赈济委员会广东、福建二省特派委员，并兼广东省政府委员，献替良多。抗战后，担任上海通易信托公司常务董事兼总经理，并应聘上海法政大学教授。后去台湾，执行律师业务逾三十年，先生笃信佛教，乐善好施，任台北善导寺常务董事暨台湾台各寺庙之护法。不幸于民国七十七年九月十八日下午八时因心肌梗塞寿终于台北市中华医院，与世长辞。

② 黄慕兰（定慧），1907年6月出生于湖南浏阳，1926年入党。历任中共江西省委、中共中央暨南方局、北方局秘书兼机要交通员、中国人民革命互济总会营救部长等职。抗日战争期间在金融界、文化界兼任不少社会职务。从事抗日救亡和党的地下工作，营救过不少党的中坚人物，参与"七君子"出狱、香港文化名人大撤退等重大行动，立下奇功。近期热播电影《风声》中的四位女特工之一员。她美丽高雅，大智大勇，机灵善变，她坐过两次国民党的牢，解放后因受潘汉年案牵连，在秦城监狱监禁十七年，都没有动摇她追求共产主义理想与信念。一九八〇年得以平反。

曹炳生的无意之言，却被一旁的黄慕兰听进了心里，她一边面不改色地喝咖啡，一边紧张地琢磨此人究竟是谁。……突然，一个符合描述特征的人物闯进了她的脑海里：这个人很可能是政治局主席向忠发！如果此人叛变，后果将不堪设想！

黄慕兰心急如焚，她在短短两小时之内，想方设法将此消息传给了潘汉年①。

潘汉年又迅速将此消息报告给周恩来。

周恩来得知后立刻组织中央的李富春、蔡畅等人转移……

果然，当天晚上，向忠发带着巡捕房的人直接用钥匙开门闯进了周恩来转移前的住所，结果他扑了个空。

向忠发是党的主要领导人，又是特科领导成员，掌握的情报非比寻常，若不是黄慕兰的这次偶遇，中共在上海的中枢机构完全有可能在瞬间垮掉。

第二天，周恩来接见黄慕兰。

一见面，周恩来就紧紧握着她的手说："慕兰，你表现得真不错呀！你跟潘汉年两人配合，行动得很好，为党立了一大奇功！"

最后周恩来还叮嘱黄慕兰："一切公开活动都通过陈志皋出面，自己尽量不要露面，只做他的幕后参谋，千万小心谨慎，一定要想方设法隐蔽好自己，抓牢陈志皋，做好工作。"

陈志皋和黄慕兰一起在白色恐怖的险风恶浪中同甘苦、共患难。

陈志皋正直热情，追求进步，富有正义感，为人正派，很尊重女性，毫无世家子弟大少爷的纨绔作风，黄慕兰心中对他日益产生好感，两人日久生情，步入了婚姻的殿堂。

---

① 潘汉年(1906—1977)，江苏宜兴归径乡陆平村人，中共著名特工，作家。1925年秋加入中国共产党，1928年开始负责文化统一战线工作。抗日战争和解放战争时期，主要从事上层统战、国共谈判、民主党派、国民党起义投诚等统战工作，他是党在白区统战工作的重要领导者、指挥者和实践者。新中国成立后，潘汉年担任中共中央华东局和中共上海市委社会部部长、上海市常务副市长等职。1977年4月14日病逝。

作为中国赤色革命互济总会主任的黄励，自己经常出面找律师，公租界的潘震亚和法租界的陈志皋是她依靠的进步律师，当然1931年秋她回到上海时，中共在上海惊心动魄的这一幕已经翻过去了，但激流险滩仍在延伸。

黄励不光找律师，还找熟悉的巡捕、警察，以消灭证据，为被捕和出狱的同志从轻判刑找保释放，进行援救工作。

对已判刑的同志，去寻找他们的同事、同乡、同学、亲属等关系，到狱中探望慰问，送生活必需品、食品、少量的钱等。

互济会还在监狱的"政治犯"中，建立基层组织，包括有觉悟的法官、看守等。

对于出狱的同志，安排他们的生活，为他们治病，并接上组织关系。

……

黄励为此不停地奔走。

她几乎没有时间想念爱人杨放之，杨放之也没有时间来见她，彼此都在为革命工作奔波着，在他们心中，革命第一位，个人生活第二位。

爱人杨放之被捕

恐惧不安的1931年刚刚过去，上海人还未来得及喘息，1932年的岁初就发生了令上海人更加愤懑之事。

继"九一八"事变后，日本占领了中国东北地区的大量土地，并试图扶植前清朝皇帝溥仪建立满洲国。但这一行动刚开始就受到了以国际联盟为代表的国际上的普遍反对，于是日本决定在上海这一国际性的大都市制造事端以转移国际视线，使日本对中国东北地区的侵略与控制行动能够顺利进行。除关东军板垣征四郎外，东京裕仁天皇的文官党羽"十一人俱乐部"（成员包括木户幸一、近卫文麿、牧野显声等），也参与了"一·二八事变"的策划（见美国戴维·贝尔加米尼《日本天皇的阴谋》上册，商务印书馆1984年版，第585页）。该组织主张日本在完成对中国东北的征服前，需有一个"思考间歇"期，以应付国内外的许多问题。为此在这期间，日本需要在上海发起一场"假战争"。

1932年1月5日，日本关东军的高级参谋板垣征四郎大佐，从中国东北飞回东京，得到裕仁天皇破格接见，并向天皇和日军参谋本部报告侵占东北的情况。随后板垣参与制订在上海发动战争的计划，并从东京给日本驻上海公使馆陆军辅助武官田中隆吉少佐发了如下电报："满洲事变按预计发展，……请利用当前中日间紧张局面进行你策划之事变，使列强目光转向上海。"（美国，戴维·贝尔加米尼《日本天皇的阴谋》上册，商务印书馆1984年版，第608页）

田中隆吉与女间谍川岛芳子①策划，于1932年1月18日，唆使日僧天崎启升等五人向马玉山路中国三友实业社②总厂的工人义勇军投石挑衅，与工人发生互殴。

田中操纵流氓汉奸乘机将两名日僧殴至重伤，日方传出其中一人死于医院。随即以此为借口，指使日侨青年同志会一伙暴徒于20日凌晨两点焚烧三友实业社，砍死砍伤三名中国警员。

1932年1月28日夜间，日本侵略军由租界向闸北一带进攻，驻守

---

① 川岛芳子(1906—1948)，本名爱新觉罗·显玗，字东珍，号诚之，汉名金璧辉，清朝肃亲王爱新觉罗·善耆第十四女。1912年清朝灭亡。善耆欲借日本之力复国，将女儿显玗送给川岛浪速做养女。显玗从此更名川岛芳子，被送往日本接受军国主义教育，成年后返回中国，长期为日本做间谍。川岛芳子历任伪满洲国"安国军总司令"、"华北人民自卫军总司令"等要职，曾先后参与皇姑屯事件、九一八事变、满洲独立运动等秘密军事行动，并亲自导演了震惊中外的上海一二八事变和转移婉容祸国事件，被称为"男装女谍"、"东方女魔"。1948年3月25日，川岛芳子被以汉奸罪判处死刑，在北平第一监狱执行枪决，终年41岁。

② 三友实业社由陈万运、沈九成、沈启涌于1912年（民国元年）创立，很快成为我国有史以来第一家具有大机器生产规模的纺织厂。沈启涌、沈九成先后离开了三友实业社，陈万运自始至终没有离开三友实业社。

上海的十九路军在全国人民抗日高潮的推动下，奋起抵抗，开始了淞沪抗战。上海人民以工人为基础，在中国共产党领导下，开展了轰轰烈烈的抗日救亡运动，上海日本工厂工人举行抗日同盟罢工，各界人民组织反日救国会，纷纷参加抗日义勇军、运输队、救护队等，积极支援前线。

喜和纱厂也加入了大罢工的行列，要知道喜和纱厂的小女工过去是连门都不敢出的，极少参加政治活动，但为了支援十九路军抗战，她们竟坚持了两三个月的罢工，这显然与黄励同志的工作是分不开的，如果不是她经过长期的艰苦工作，打下了良好的斗争基础，就不可能有喜和纱厂小女工们参与两三个月的罢工。

淞沪抗战在上海军民的英勇斗争下，坚持了一个多月，使日本侵略者受到沉重打击，死伤一万余人，四度更换司令。

后因国民党政府坚持不抵抗政策，破坏淞沪抗战，十九路军被迫撤离上海。

在英、美、法等国调停下，国民党政府和日本签订了《淞沪停战协定》。

白色恐怖愈演愈烈，国民党政府天天要捕杀抗日群众，许多同志英勇牺牲。

我们要避免牺牲，要设法营救已经被捕的同志，党交给互济会的工作，也就更加艰巨更加突出了。

黄励总会把互济会的任务清理出一个头绪，运用灵活的工作方法，加上共产党在群众中的基础，让许多没有被捕的同志及时隐蔽和转移，而被捕的同志，又通过互济会的社会关系，使他们得到营救避免牺牲。

黄励在营救被捕的罗俊同志时，突然有一种不祥之感，同时心生一种隐隐的不安，她不由想到了爱人杨放之，两人自苏联回国后，就投奔到反日爱国的斗争中去，聚少离多，已经有很长时间没见面了。

近日上海斗争形势极为复杂，特务便衣几乎天天捕抓共产党，杨放之担任中共江苏省委党报委员会委员、中共沪西区委宣传部长，先在海员中开展反日救国活动，并联系纱厂工人，发展党员、建立党组织，每天在腥风血雨中穿梭，尽管他们彼此都做好了为党牺牲生命的准备，可他们心里还是不希望有灾难降临。

4月的一天，杨放之在英租界被捕了。

黄励得知此事的时候，已是数天以后。这事犹如晴天霹雳，令她惊惧万分；又如万箭穿心，让她焦虑不安。

怎么办？……

爱人杨放之，她是在1925年赴莫斯科中山大学的货轮上认识的，她比他大了三岁，她的热情聪慧吸引了这个河南籍的进步青年，他们可说是心心相印，1926年在莫斯科大学结婚，历经风雨的他们在那里度过了六年并肩战斗的时光。

黄励眼前出现了一幕幕与爱人杨放之共度时光的情景，还有他讲给她听的那些故事。

1908年11月24日，杨放之出生在河南省济源县（今济源市）合河村一个地主家庭，他先在村私塾上学，不久转入庙街蚕桑学校，后来又到济源县第一高小读书。

1921年夏天，杨放之考入位于开封的河南留学欧美预备学校。他开始接触到《向导》《新青年》等刊物，思想深受影响，积极投身到中国共产党领导的学生运动中。

1925年，正是国共第一次合作时期，倾向革命的杨放之加入了国民党的左派阵营，后来他参加了河南青年学生赴苏联莫斯科中山大学留学的选拔，并顺利通过了考试，当时他只有十七岁。

杨放之曾多次跟黄励说起自己的父亲，他在杨放之远赴苏联学习的时候表示支持，特意写下四句话交给儿子："未来不迎，物来顺应。当事不杂，事过不恋。"当年杨放之惜别家庭，不惜万里远赴苏联，如果不是他志存高远，他是可以留在父亲身边看家守业的。他的家境在当地算是殷实富足的：有田一百二十亩，大牲畜两头，雇有长工一人。

但在杨放之眼里，生存的社会不合理又黑暗，他不想过殷实富足的小日子，他要寻求真理，做个有抱负的青年。

1925年9月下旬，杨放之与河南籍的数位青年从开封出发，到上海后停留数周，再乘一艘苏联货船经日本，于11月初抵达苏联远东的海参崴。

同船前往苏联学习的还有张闻天、王明、沈泽民、王稼祥、张琴秋等，张国焘和李立三也同船前往苏联参加会议。

黄励就是在这货船上与杨放之相识的。

他们于1925年11月下旬来到莫斯科中山大学。

这时的杨放之完全接受了马克思主义，12月，杨放之由刘少文介绍入团（当时称少年共产党），并担任了团支部书记。

杨放之的俄语水平提高很快，不久就当上了为中国同学服务的翻译，并兼任经济地理教员。

1927年7月，在莫斯科中山大学，杨放之由王稼祥介绍入党，随即担任党支部委员。

1928年4月到1929年8月，杨放之转入设在莫斯科的赤色职工国际东方部工作，任中国代表团翻译和邓中夏的秘书。

从1925年底到1929年8月，杨放之主要是在莫斯科度过的，他的俄语更加娴熟，有较强的听、说、读能力，可笔译文献资料。他的英语也有一般的会话能力，并借助字典进行一般性的文字翻译。

在苏联的岁月中，黄励与杨放之的爱情日渐成熟，两人结为夫妻。

1929年9月，杨放之与黄励来到海参崴。杨放之任《太平洋工人》杂志主编，黄励任编辑，度过了他们婚后最平静的两年。

在这里，他们有了爱情的结晶，但为了工作，又让这结晶化为乌有。

腥风血雨的国内斗争，让他们再也按捺不住回国参加斗争的欲望，于是黄励与爱人杨放之商量后，向党组织申请回国。其实，回国参加斗争是一种生命的未知,迎接他们的也许就是死亡,但他们已经把生命交给了为之奋斗的共产主义事业,死亡丝毫奈何不了他们的选择。

党组织很快批准了他们回国的申请。

1931年7月,杨放之与黄励夫妇结束了在苏联六年的生活,经过数日的奔波,于9月回到中国上海。

此时的上海,正上演着杀人游戏。

1月17日,李伟森、柔石、胡也频、冯铿、殷夫①五位左翼作家在上海被捕,2月7日被国民党秘密杀害于龙华,鲁迅先生为此写下了著名的文章《中国无产阶级革命文学和前驱的血》和《为了忘却的纪念》。

黄励和杨放之似乎未惧怕过死亡,为了正义去迎接死亡光荣而伟大。他们深知自己所居的上海,时刻处在魔鬼的为非歹之中,他们随时会成为魔鬼的猎物。

还未到一年的时间,杨放之就遭遇了魔鬼。

他是在去基层支部开会的路上被逮捕的。

爱人杨放之的被捕,一定是党内又出了叛徒。

黄励心里很乱,用乱箭穿心来形容一点都不过分。她不知爱人杨放之关在何处,进了魔窟,不死也会被折磨得体无完肤。她相信爱人杨放之意志的坚定,她想去看他却身不由己。

这天,黄励坐在办公桌前筹备工作,很多工作要理一理思路。但

---

① 左联五烈士,是指胡也频、柔石、殷夫、冯铿、李伟森五位"左联"作家。他们于1931年2月7日在上海龙华被国民党淞沪警备司令部秘密枪杀。"左联五烈士"同于1930年加入中国左翼作家联盟,除殷夫外,其余四人均为共产党员,李伟森还担任共青团中央宣传部长。"左联五烈士"去世后,鲁迅对他们的牺牲感到无比悲愤。在得悉噩耗时,他写了悼念文字,指出他们以鲜血为中国无产阶级革命文学'写了第一篇文章',又说:"大众存在一日,壮大一日,无产阶级革命文学也就滋长一日。"(《二心集·中国无产阶级革命文学和前驱的血》)事隔多年以后,又写下《为了忘却的纪念》(1933年)《白莽作〈孩儿塔〉序》(1936年)等文,赞扬他们的为人,肯定他们的文学成就。

她坐立不安，心乱如麻，心思始终被爱人杨放之缠绕。手握着的蘸水笔，不时将红墨水滴在桌子上和纸上。

这时，黄静汶走了进来，她打量着黄励，看她心急如焚的样子，一时不知说什么好。

黄励没抬头，但她知道是黄静汶进来了，她一边擦着红墨水一边说："唉，我这个营救革命同志的人，连自己的爱人关押在哪里都打听不到，你说我还像个妻子吗？……"

黄励满脸自责的表情，眼泪在眼睛里打转却强忍着不敢掉出来，她知道不能让个人的情绪影响工作，更不能让个人的情绪影响同事的心情。

黄静汶理解此时此刻的黄励，不是心如刀绞也是乱箭穿心。

沉默了一会儿，黄静汶走到黄励身边，拍着她的肩膀说："想哭你就哭出来吧，哭出来也许比憋在心里好受些。"

黄励仍忍着眼泪说："我哪有心思哭啊，我只想知道他究竟关在哪里，我们互济总会该如何营救他。"

黄静汶急忙说："我派人再去打听打听，如果打听到杨放之具体关押在哪里，建议互济总会为他请律师辩护。"

几天以后，杨放之关在西牢的消息被别的同志打听到了。因为工作的关系，黄励却不能去探监。

黄静汶代替黄励去西牢探望了杨放之。

临行前，黄励忽然想起给爱人缝制的衣服尚未做好，她急忙找出针线，一针一线将扣子钉牢，对黄静汶说："请把这衣服捎给老杨，就说我很好，让他放心。请他记住，与魔鬼打交道是要显出一个共产党员的风骨的，不要听信鬼话。"

黄静汶安慰黄励说："放心吧，我一定会把话捎到的。"

在上海西牢，黄静汶见到被打得浑身是伤的杨放之，将黄励亲手缝制的衣服递给他，悄声说："姐让我来看看你，这是她为你缝制的衣服。她最近家务太忙不能来，她很牵挂你，让你放心。她让我告诉你，不要听信鬼话。"

杨放之接过衣服，心领神会地说："让姐放心吧，我是清醒的。"

黄静汶回来后，将自己在西牢的所见所闻都告诉了黄励，并跟她建议说："杨放之目前未暴露什么，赶快采取行动营救他吧。"

于是经过研究，互济总会立刻为杨放之请了律师。

尽管敌人最终没有在杨放之身上审出什么来，但还是判了他两年半徒刑，并被押解到苏州反省院囚禁。

黄励心里默默为爱人祈祷，今生今世不知何日才能相见，但愿他能平安地逃出魔掌。

上海的局势越来越复杂了，抗日的声浪一浪高过一浪。支援东北义勇军，反对上海停战，打倒日本帝国主义，同胞们团结起来，一致抗日，已成为民心所向。

中共地下组织领导上海的革命群众前赴后继，不屈不挠，经常集会，每次集会都要提出支援东北抗日义勇军的口号，国民党当局更加疯狂地捕捉和屠杀爱国群众，每天都有大批同志被捕。

黄励马不停蹄为被捕的同志奔走，请律师，营救他们，她的出镜率太高了。尽管每次都巧妙化装，但还是有很多人认识她，随着江苏省委又有一些同志被捕，特务也开始注意她了。

黄励已经处在十分危险的边缘，然而她顾不上个人的安危所在，眼下互济总会面临一个万分紧迫的任务，营救牛兰夫妇。

营救牛兰夫妇

牛兰,原名雅可夫·马特耶维奇·鲁尼格,牛兰是他在中国的化名之一。他是共产国际远东局的情报官员,担负对远东的中国、日本、朝鲜以及东南亚地区各国的情报与联络工作。

共产国际远东局原设在海参崴,1929年中东路事件①后,共产

---

① 中东路事件,是指1929年中国为收回苏联在中国东北铁路的特权而发生的中苏军事冲突。1929年7月,在南京国民政府"革命外交"的氛围中,国民政府委员、东北政务委员会主席、东北边防军司令官长张学良以武力强行收回当时为苏联掌握的中东铁路部分管理权。17日,苏联政府宣布从中国召回所有官方代表,要求中国外交官迅速撤离,断绝外交关系。9月至11月,"苏联特别远东集团军"进攻中国东北边防军,东北军战败。12月22日,东北地方当局代表蔡运升受张学良委派,与苏联代表谈判,达成《伯力协定》。在本次事件中,东北地方当局虽损兵折将,实力大为削弱,但张学良获颁青天白日勋章。这场冲突持续近五个月之久,双方动用的一线兵力超过二百万,使用了重炮、坦克、飞机和军舰等重型装备,其规模和持续时间远远超过1969年的"珍宝岛事件",成为中苏历史上规模最大的一次武装冲突,其结局对于东北的局势乃至全国的时局产生了深远的影响。

国际与苏共为加强远东地区的情报工作,搜集日本与英、美、法等在远东地区的活动情报以及国民党政府的资料,进一步支持东方各国共产党革命活动,指示共产国际远东局从海参崴迁往中国上海,并派遣得力人员来中国了解情况,探讨建立秘密联络站。

牛兰夫妇就是在这种背景下受命来华的。

牛兰1930年3月由莫斯科经中国的哈尔滨、大连抵达上海,担任共产国际远东局秘书,他实际是这个秘密机构的主要负责人。他在上海还有一个公开职务,就是担任泛太平洋产业同盟上海办事处秘书。所谓泛太平洋产业同盟,实际是国际红色工会远东分会。牛兰手下有九名工作人员,夫人汪德利曾是他最重要的助手。

牛兰夫妇的特工经验异常丰富,他们同时持有比利时、瑞士等国护照,使用若干假姓名,登记了八个信箱,七个电报号,租用了十处住所。

牛兰夫妇及其领导的共产国际远东局,在来上海后一年多的时间里,取得了很大的成绩:与中国共产党中央的保卫机构"中央特科"密切联系与合作,多次完成了重要的工作任务;与东南亚各国共产党建立了正常的联系。

1931年初,牛兰在香港建立了共产国际远东局的分支机构"南方局",又称"香港分局",负责人是印度支那共产党领导人阮爱国,即后来的越南劳动党主席胡志明。此外,牛兰还与日本、朝鲜的共产党进行着有效的联系,定期向他们提供活动经费。

天有不测风云,正当牛兰夫妇及他们领导的共产国际远东局在上海积极有效地开展工作时,不幸的事发生了。

1931年4月24日,中共中央政治局候补委员、中央特科主要负责人顾顺章[①]在护送张国焘等去鄂豫皖苏区,后途经汉口返回时因参与魔

---

① 顾顺章(1904—1935),男,上海人,中国共产党早期领导人,中共地下情报人员,是中共秘密特务组织中共中央特科的负责人。1931年被捕后投降国民党政府,由于其掌握大量共产党的核心机密,致使中共地下党组织遭受巨大的破坏,多名中共地下党员遇害,被称为"中共历史上最危险的叛徒"。1935年被国民党政府以秘密联络共产党为由处死。

术表演而被特务认出被捕，随后叛变。他供出了中共中央在上海各重要机构的秘密地点及中共各重要领导人的住地，同时还向敌人提供了中共与共产国际活动的大量情报，其中包括牛兰夫妇在华的活动情况。

同年6月1日，新加坡英国殖民当局逮捕了一个叫约瑟夫的共产国际信使，并从他随身携带的文件中发现了一个在上海的信箱号"邮政信箱205号，海伦诺尔"，新加坡英国殖民当局立即将这一情报通告了上海租界的英国殖民当局。

上海公共租界巡捕房便根据这一线索，对205号信箱进行监视。很快就查明，此信箱的租用者就是牛兰。

1931年6月15日上午，上海公共租界巡捕房的警探猛扑牛兰在四川路的寓所，当场逮捕了牛兰以及随后赶到的汪德利曾。

警探们在牛兰夫妇住地共搜出六百多份文件，其中重要的七十六份，内有共产国际对中国革命和远东局向共产国际总部的报告，以及许多银行存折，存款总共达四万七千美元，这都是共产国际准备通过远东局提供给远东各国共产党的活动经费。

1931年6月22日，被顾顺章供出的中共中央总书记向忠发在上海被敌人逮捕，此人旋即叛变。在供词中他也提到有关牛兰夫妇的情况，于是，国民党情报机关与上海公共租界巡捕房联系，很快确认了牛兰夫妇的真实身份。

牛兰夫妇的被捕以及他们真实身份的暴露，使共产国际在中国的组织系统几乎全部瘫痪。同时，中国共产党组织与共产国际远东局的联系也完全中断。不仅如此，这一事件还影响到亚洲其他各国共产党组织。

根据从牛兰处查获的文件，敌人证实了不久前共产国际远东局在香港成立了一个分支机构"南方局"。英国警察在那里捕获了一名印度支那共产党人阮爱国，现得知，他就是南方局负责人胡志明。另外，从牛兰处查获的文件中，还发现了好几名与共产国际远东局有联系的日本共产党员。这些材料马上转给日本警方，日警方即刻投入对日共党员的追捕。

因此，牛兰案成为轰动中外的重大政治事件，国际反动势力称之为"赤色间谍""共产国际阴谋""苏联扩张"，并乘机兴风作浪，迫害各国共产党人。

牛兰夫妇被捕后，被租界巡捕房秘密审讯多次，他们始终坚不吐实。

1931年8月9日，在租界的上海高等法院第二分院开庭，正式审判牛兰夫妇，最后宣布将牛兰夫妇引渡给南京国民政府。

在牛兰夫妇解往南京时，中共上海地下党组织发动数千名群众赴上海北火车站示威，要求国民党反动当局释放他们。

南京国民政府在将牛兰夫妇投入监狱后，竟拖延多日不予正式司法审判，在监狱中对牛兰夫妇百般折磨。

牛兰夫妇曾先后多次绝食以示抗议。

与此同时，国际进步组织与进步人士也积极采取行动，他们纷纷致电宋庆龄，把营救牛兰的希望寄托在刚从海外归国的宋庆龄身上。

1931年8月18日，美国作家德莱塞①等三十二人联名致电宋庆

---

① 德莱赛：他出生在印地安纳州Terre Haute的一个德裔美国家庭。著名的词作者保罗·德莱赛（Paul Dresser）(1859—1906)是他的哥哥。在1889—1890年间，西奥多由于考试不及格退学之前一直就读于印地安纳大学布卢明顿分校。不出几年，他开始为芝加哥环球报(Chicago Globe)撰稿，然后是圣路易斯环球——民主党报(St. Louis Globe-Democrat)。1892年，他与莎拉·怀特（Sara White）结婚。虽然他们在1909年分开，却一直没有正式离婚。他的第一部小说《嘉莉妹妹》(1900年)，讲述了一个女人逃离乡村生活奔向城市(芝加哥)并堕落而后过着罪恶放纵生活的故事。发行上并没有花力气推广此书，因此销量不佳。德莱赛此后开始编辑女性杂志，一直到1910年由于办公室恋情不得不辞去工作。他的第二本小说《珍妮姑娘》次年发表。德莱赛许多随后的小说都探讨社会不公现象。他的第一部取得商业成功的小说是《美国的悲剧》(1925)，这部小说分别于1931年及1951年拍摄成电影。其他的作品包括欲望三部曲：《金融家》(1912年)，《巨人》(1914年)，及《斯多葛派》。在1935年印地安纳州Warsaw地区图书馆理事下令将德莱赛所有著作烧毁。德莱赛的作品充满长句，对细节有着极大的关注。由于他的作品探讨社会地位及人们对物欲的追求，他作品的现实主义风格及对细节的描写有力地烘托了主题。另一方面，这使得他的作品(特别是《嘉莉妹妹》)对于一些人来说很难阅读。值得注意的是，德莱赛并不以他的风格著称，而是他作品的现实性，他笔下人物性格的发展变化以及他对美国生活的看法使他闻名。

龄,恳请她对牛兰夫妇"予以援助,免除不良待遇及求得释放"。

劳动妇女领袖、国际救援组织"红色救济会"主席蔡特金以个人名义致电宋庆龄,希望她设法营救牛兰夫妇。此外,法国著名作家罗曼·罗兰①、苏联著名作家高尔基、美国哲学家杜威②等人,也有类似来电。

宋庆龄不负众望,全力以赴投入到营救牛兰夫妇的运动中,并成为这场运动当之无愧的领导人。

1931年8月20日,宋庆龄和爱因斯坦、蔡特金、高尔基、史沫特莱等国际知名人士发起成立了设在欧洲的"国际营救牛兰委员会",使

---

① 罗曼·罗兰(Romain Rolland,1866—1944),法国现代著名文学家、传记作家、音乐评论家、社会活动家。1867年出生于法国中部,1880年全家迁至巴黎。他于1889年毕业于巴黎高等师范学院史学系,不久来到罗马读研究生。从罗马回来后,在巴黎大学教艺术史,从此开始了写作,从1898年开始发表作品。1914年,第一次世界大战爆发,罗兰定居在日内瓦,他利用瑞士的中立国环境,写出了一篇篇反战文章,他的立场受到了德国作家托马斯·曼等人的指责,但他没有屈服。1915年,获得了该年的诺贝尔文学奖,但由于法国政府的反对,结果拖到第二年的11月15日,瑞典文学院才正式通知他这一决定。罗兰将奖金全部赠送给国际红十字会和法国难民组织。1917年,俄国十月革命爆发,罗兰与法朗士及巴比塞等著名作家一起反对欧洲帝国主义国家的干涉行动,他公开宣称:"我不是布尔什维克,然而我认为布尔什维克的领袖是伟大马克思主义的雅各宾,他们正在从事宏伟的社会实验。"1935年6月,罗兰应高尔基的邀请访问了苏联,并与斯大林见面。1937年9月,罗兰在故乡克拉木西小镇附近购买了一座房子,隔年5月底从瑞士返回故乡定居。1940年,德军占领巴黎,罗兰本人被法西斯严密监视。1944年8月,纳粹败退,巴黎解放,罗兰重获自由。1944年12月30日,罗曼·罗兰去世,享年七十八岁。1945年1月2日在他的故乡克拉姆西镇举行了宗教葬礼。主要作品有三部英雄传记:《贝多芬传》(1903)、《米开朗琪罗传》(1906)、《托尔斯泰传》(1911),长篇巨著《约翰·克利斯朵夫》。

② 杜威,1859年生,是美国唯心主义哲学家,实用主义"芝加哥学派"的创始人。他综合皮尔士的科学倾向和詹姆士的伦理倾向,建立了实用主义的新变种,称之为"经验的自然主义"或工具主义。他认为,哲学的任务不在于给自然界提供某种解释,而应当探究解决人的问题的方法,因而他把作为人与环境相互作用的总和的"经验"看作"头等的事实"、最基本的实在。所谓物质和思想都是通过反省从原始经验整体中分开来的产物,经验与自然、主体与客体、行动和感受都是不可分割地联结在一起的。既然世界即是经验,经验即是生活,生活即是应付环境,思想、理论、学说归根结底就不过是人们用以应付环境、寻求出路的工具,它们的价值在于功效,有效就是真理。在社会历史方面,杜威宣扬多元论的唯心史观和"新人性论",鼓吹资产阶级的自由、民主,为垄断资本主义辩护。主要著作有:《哲学的改造》《经验和自然》《逻辑:探究的理论》《学校与社会》等。

营救牛兰的行动演变为一次世界性的运动。

宋庆龄以个人名义发表声明，向南京国民政府提出抗议，要求释放牛兰夫妇。接着，宋庆龄通过著名经济学家陈翰笙，与牛兰夫妇的外籍律师取得联系，协商为牛兰夫妇进行法庭辩护及营救之法；她又指派美籍进步人士马海德，以医生名义去南京监狱为牛兰夫妇治病，并设法将牛兰夫妇年仅九岁的儿子吉米送往苏联。

宋庆龄营救牛兰夫妇最重要的一次行动，是她亲自出面同蒋介石本人谈判，条件是南京政府释放牛兰夫妇，苏联当局遣送蒋经国回国。

当年前往苏联留学的蒋经国，这时已经是苏联手中的人质了。显然，蒋介石也担心拒绝宋庆龄的条件会导致苏方加害蒋经国。因此，蒋介石私下积极进行与苏联恢复邦交的谈判，争取通过外交途径让蒋经国尽早回国。

为尽快营救牛兰夫妇，共产国际、苏军总参谋部指示在华的情报组织"佐尔格小组"与中共地下党组织"中央特科"，要密切配合，制定周详计划，完成秘密救援任务。

据伊斯雷尔·爱泼斯坦所著《宋庆龄：二十世纪的伟大女性》一书中透露："营救牛兰夫妇既有公开的，也有地下的活动，外国方面由理查德·左尔格领导，中国方面是潘汉年。"

1932年7月11日，即牛兰夫妇进行绝食的第九天，中央特科负责人潘汉年按计划在上海公共租界汉口路老半斋菜馆，以请客为名，邀集了上海文化界一些著名人士柳亚子、田汉、郑振铎、郁达夫等人，商讨动员与组织文化界知名人士联名致电南京政府营救牛兰夫妇。最终以柳亚子、鲁迅、陈望道、郁达夫、茅盾、丁玲等三十六位著名文化人士联合签名，致电南京国民政府行政院和司法院及司法行政部，要求立即释放牛兰夫妇。

外国名流的抗议电报，左尔格与潘汉年的秘密计划，都没有达到营救牛兰的目的。

宋庆龄又采取了一项新的行动，1932年7月12日，在华的美国著名女记者史沫特莱，邀集宋庆龄、杨杏佛、鲁迅、蔡元培等中国著名人士以及在沪的美国进步记者埃德加·斯诺、伊赛克（伊罗生）等共三十二人，组成了一个专门从事营救牛兰夫妇的机构"牛兰夫妇上海营救委员会"，由宋庆龄任主席，史沫特莱任书记，在上海四川路216号302号房间设立办事处，进一步发动、联络与组织上海及全国的营救牛兰运动，并与"国际营救牛兰委员会"遥相呼应。该会一成立就宣布："要求将牛兰案移沪审理，或无条件释放牛兰夫妇。"

身为中国赤色革命互济会主任的黄励，所肩负的任务是发动群众参加示威游行，这似是她的强项，她走街串巷，进工厂发动工人，到里弄发动市民，跑校园鼓动学生……她已经分不清是白天夜晚，只要睁着眼睛，她就钻进群众中去游说了。

7月12日这天，上海各界召开了群众代表大会，会场设在共和大舞台，参加大会的人很多，其中有共产党员，大部分是各界群众的代表，会上提出：无条件释放牛兰夫妇，反对上海停战，打倒日本帝国主义，号召同胞们团结起来，一致抗日。

这次大会，国民党卖国政府是不准召开的，但是他们难以阻止群众的抗日情绪，群众说："我们是群众代表，为了抗日，这个大会非开不可！"

国民党当局见难以阻止，便派了大批的特务、流氓去扰乱会场，大会刚开了一半，正有代表慷慨陈词时，特务流氓军警突然逮捕群众代表，当场就有八十八名群众代表被捕。

黄励得知消息后，立刻赶到互济会，召集工作同志布置了紧急任务，同时自己乔装打扮，急忙跑出去进行紧张的营救活动，她进工厂、找报馆、跑学校……她在群众集会上演讲说："参加大会的代表是我们选的，他们代表着我们的利益和诉求，如今他们被反动当局逮捕了，大家应该团结一致营救我们的代表。"

黄励一呼百应，经过紧张的努力，群众都被她发动起来了，男女老幼怒冲冲包围了警察局,向他们讨要自己的代表。

警察局吓得慌了手脚,于是秘密将这批爱国志士押往龙华司令部。

1932年8月19日,南京国民政府在中外舆论的谴责下,以扰乱治安、触犯"危害民国紧急治罪法"的罪名,判处牛兰夫妇死刑,但又援引大赦条例,减判无期徒刑。

在营救牛兰夫妇的过程中,黄励作为中国赤色革命互济总会的主任,是有功可居的,但她从未想过邀功请赏,她心中只想着营救被捕的同志,为党组织减少人才的损失。

临危受命

这是1932年的8月,刚刚入秋,天气仍在暑热之间徘徊,上海的白色恐怖如秋老虎一样酷烈。

八月的一天,黄励接到党中央的命令,调她到中央组织部工作。这一方面是组织上对她的重用,另方面也是对她的保护,近一阶段她在上海出镜频繁,已经引起了特务的盯视。

黄励对组织上的安排心领神会。

临行之前,黄励与帅孟奇匆匆见了一面。以往的上下级,突然要分开了,彼此想说的话很多,但她们已经没有时间敞开心扉了，只能拣重要的话说。

帅孟奇说："革命斗争是长期的、艰巨的，甚至是残酷的，不可能一帆风顺。眼下上海的局势越来越复杂了，自从顾顺章叛变投敌，我们的同志经常被捕，党组织也遭到严重破坏，我们每前进一步都要付出血的代价，建立党的支部和发展党员都很困难了。"

黄励表态说："不管遇到任何艰难险阻，我都会坚持为党工作，甚至不惜牺牲生命。因此，我时刻牢记列宁同志的教导：我们无产阶级战胜敌人的武器，就是组织、组织、再组织，学习、学习、再学习，战斗、战斗、再战斗！"

帅孟奇欣赏地看着黄励，她发现在这个年轻的女共产党员的脸上一点也看不到悲伤，其实她的爱人杨放之已经被捕四个月了，于是轻声叹息道："杨放之已经被捕四个月了，敌人用尽各种酷刑折磨我们的同志，组织上正设法进行营救。"

提起杨放之，黄励的心情似乎沉重起来，爱人杨放之自被捕就一直未能见面，在国民党的监狱不死也要扒层皮，想到这些她就心如刀绞，但她很快调整了自己的情绪说："杨放之是个立场坚定的人，我相信他不会叛变革命的。如果不是怕暴露身份，我真要去监狱看看他。"

帅孟奇叹口气，无奈地拍了拍黄励的肩膀说："我知道你的心思，可我们必须服从组织的命令，不能轻举妄动，更不能作无谓的牺牲。"

黄励抬起头，认真地看着帅孟奇，积极地表态道："帅大姐，我明白。我们共产党人不应遇挫折而消沉，而要迎着困难上，坚信革命必将胜利，坚定地保持革命的乐观主义精神，只有这样，才能对革命工作、对自己的身心都有益处。"

帅孟奇紧紧握住黄励的手说："敌人必败，革命必胜。"

这时，黄励的脸上终于绽开了微笑，她说："帅大姐，再重逢时我们要喝一杯庆功酒啊。"

黄励走了，帅孟奇望着她的背影，不知这一别何时再相见，在白色恐怖中的上海，共产党员的人头随时都悬在刀锋上。

两个月之后，1932年10月上旬的一天，上海沪东云庆里第4弄370号前楼。

帅孟奇在筹备工人反帝大同盟会议。

一间陈设普通的屋子里，五个人正坐在一起议事。

三十四岁的帅孟奇是这五人会议中唯一的女性。今天，按原定计划，江苏省委常委在这里秘密集会，商讨组织指导丝厂工人罢工斗争的具体事宜。

会议到中午12点尚未结束。

帅孟奇有些着急了，因为她已经和闸北区新任的妇女部长约好，12点两人在新闸桥会面，而后一同去工厂召开活动分子会议。

时钟已指到12点3刻。这时，帅孟奇站了起来，向正在作总结的江苏省省委书记请了假，便匆匆出了门。

昨天晚上，因叛徒告密，闸北区委书记被捕了。

书记的老婆是闸北区妇委，想办法营救他去了，所以帅孟奇只好当晚紧急挑选了一个四十来岁的丝厂女工，来代替书记老婆的工作。

帅孟奇出门后，发现丝厂女工正在约定地点等她，便高兴得几乎叫了出来。

她刚一出声，就被埋伏在附近的特务发现了。

此刻，帅孟奇的右肩突然被一只有力的大手抓住，一个身材高大、穿黑大褂的特务一步跨到她面前，朝马路对面一招手，一辆汽车和另外一个特务便快速冲了过来。

"快点，上车，跟老子走一趟！"特务边推搡帅孟奇边喊。

"上么子车？你们这是干么子吗？！"

帅孟奇灵机一动，知道他们是在玩什么把戏，便不慌不忙，故意操着一口湖南腔，装作乡下人的样子问。

"妈的，别怪老子火眼金睛，你就是个女共产党！"一个特务吼道。

"搜！"另一个特务喊。

一左一右两名特务开始搜查帅孟奇,搜了半天,从她身上搜出了两把钥匙。

两名特务将钥匙吊在半空中打量,怒声审问帅孟奇这是哪里的钥匙?

糟糕! 帅孟奇看到钥匙忽然心惊了一下,趁特务不备,她眼疾手快一下子从特务手中把钥匙抢了回来,顺手扔进了身边的苏州河。

"啪"! 她的右颊上被特务狠扇了一巴掌。

脸上的肌肉像在痉挛,帅孟奇在感觉疼痛的同时,心里却无比轻松和踏实,因为她将钥匙丢进了苏州河,这样与她同住的黄海明母女及前楼的廖承志同志的安全便有了保障。

帅孟奇立刻被怒气冲冲的特务们推上了汽车。

到了闸北警察分局,敌人施用酷刑,用杠子压断帅孟奇的腿骨,灌煤油水使她七窍流血,导致左眼失明,但她仍大义凛然,视死如归。始终保守党的机密。

敌人万般无奈之际,只好让叛徒顾顺章出面劝降。

顾顺章叛变后,差点葬送了中国共产党。 一年后,让他出面劝诱帅孟奇这个女共党投降,他觉得自己有十足的把握。

这天,顾顺章穿戴体面地出现在帅孟奇面前,他想对帅孟奇现身说法,令他意外的是,帅孟奇将他骂得狗血喷头,他居然在一个女共党面前失去了尊严。

顾顺章恼羞成怒。

最终,无计可施的敌人判了帅孟奇无期徒刑,押往南京。

1932年的年底,中共江苏省委遭到敌人严重破坏,黄励被上级组织部门任命为江苏省委组织部长。

这对黄励来说,可谓临危受命。

她上任后,第一件事就是积极发展党员,建立党的支部。 但面对党组织不断遭到破坏、党员经常被特务逮捕的情况,如何发展党员、如何建立支部,才能减少敌人的破坏程度,黄励经过数日的调查摸底,终于想出了一条新思路。

她觉得支部工作应该以大工厂和大公司为主,这些地方的工人多,觉悟高,有利于发展党员,建立支部,如上海南洋兄弟烟草公司、恒丰纱厂等,这些地方不仅要发展党员,建立支部,还要成为发展党组织的重点。而街道支部则不宜发展新党员,街道人员混杂,易被特务钻空子,而当下最重要的就是防止特务叛徒混进党内,使党组织蒙受重大损失。

在一次区委书记工作会议上,黄励将自己的工作思路明明白白地讲了出来,她说:"为什么我们要利用资产阶级呢?因为上海各阶层势力都在总商会之下,因此要利用它,一方面揭破他们的假面具,一方面又拉拢他们参加革命……"

区委书记们听后,感觉她的方针明确,于是纷纷找到了工作的新办法。

但发展党员、建立党支部,绝不是一件轻松的事情,党组织随时都会遭到破坏,党员也时刻处在风险之中。自从蒋介石在上海发动了"四一二"反革命政变,"宁可错杀一千,也不放过一个"的白色恐怖如黑雾一样时刻罩在头顶,共产党员稍不留神就会惨遭黑手。

陈赓就是不经意间遭到暗算的。

1933年3月,党决定派陈赓去江西工作。在离开上海的前一天,即3月24日,他到贵州路北京大戏院去看电影,主演是钱壮飞的女儿黎莉莉[①],与其说他是来看电影,倒不如说他想见一下黎莉莉,他就要去江西了,不知钱壮飞的女儿有什么话捎给父亲。

令陈赓意想不到的是,他正好跟一个叫"阿连"的叛徒坐在一起。

阿连看到陈赓的时候,装作并不在意,还和从前一样跟他谈笑

---

① 黎莉莉(原名钱蓁蓁),1915年6月2日出生于北京,祖籍安徽桐城,中国电影女演员。1926年出演处女作《燕山侠隐》,素有"甜姐儿"之称。代表作有《小玩意》《体育皇后》《大路》《狼山喋血记》等。2005年8月7日逝世。

风生。

陈赓从电影院出来后,阿连紧紧跟在他后面。就在离电影院不远的"偷鸡桥"前边,陈赓终于被这个叛徒拖住了,于是两个人就在马路上厮打起来。

陈赓狠狠一拳把阿连打倒,阿连躺在地上从口袋里摸出哨子"嘟嘟"一吹,四周的巡捕围了过来,陈赓就这么被逮捕了。

而廖承志在1933年3月28日,在山西路五福弄9号和罗登贤①、余文化一起被捕。

上海志记载:民国22年3月28日,老闸捕房派中西探员协同国民党上海市公安局督察员在山西路五福弄9号拘捕了中华海员工会党团书记廖承志,中华全国总工会上海执行局书记罗登贤、秘书余文化,关押于老闸捕房。

同年8月29日,罗登贤被杀害于南京雨花台。

此事引起了宋庆龄的关注,她不仅要新闻界主持正义,还于1933年4月1日在上海公开发表《告中国人民——号召大家一致起来保护被捕的革命者》一文,呼吁释放被捕的"罗登贤、廖承志和陈赓等",因为他们"不是罪犯,而是中国最高尚的代表人物",因此全国人民"要求不使他们遭受酷刑与死亡"。

陈赓在4月2日被押到南京时,警备司令谷正伦手持蒋介石的电报亲自到火车站把陈赓"接"到夫子庙警备司令部给予"优待"。

谷正伦把蒋介石拍来的电报递给陈赓看。

---

① 罗登贤(1905—1933),广东南海人,无产阶级革命家。早年在香港英商太古船厂做工,1925年加入中国共产党。曾参与组织省港大罢工。1927年参与组织广州起义。1928年6月,在中共第六次全国代表大会上当选为中央委员、中央政治局候补委员。同年任中共江苏省委书记。1930年先后任中华全国总工会党团书记、中共广东省委书记及中共中央南方局书记等职,领导全国工人运动。1931年任中共中央驻东北代表兼满洲省委书记,领导东北的抗日运动。1932年任中华全国总工会上海执行局书记。是中共第六届中央政治局委员、中华苏维埃共和国中央执行委员。1933年3月28日,因叛徒出卖,在上海被捕。4月解来南京。8月29日英勇就义于南京雨花台。

陈赓一看,电云:"查陈赓乃余昔之袍泽,勇冠三军,于北伐中卓著功绩,姑念年轻失足,误入迷途,宜加珍惜恕容,多予照拂,促其幡悟。 若能起誓归顺,效忠党国,定当重用。 蒋中正"

蒋介石电报中所提及"于北伐中卓著功绩",是因为陈赓当年救过他一命。

那是1925年10月,国民革命军第二次东征讨伐军阀陈炯明,时任黄埔军校校长兼国民革命军第一军军长的蒋介石担任总指挥。

年仅二十二岁的陈赓,在第一军第二师第四团担任连长。 由于陈赓的英勇善战,蒋介石把他和他的连队全调进自己的总指挥部,并由陈赓担任他的贴身护卫。

随后,蒋介石下令国民革命军第一军兵分三路继续向东开进。

战场上,因第三师师长的错误指挥,在华阳与叛军林虎的主力部队遭遇,结果使全师陷入重围。

总指挥蒋介石闻听战况激烈,十分焦急,亲自赶到华阳前线督战。 出乎他意料的是,此时的"饭桶"师长谭曙卿已偃旗息鼓,全无招架之功。

危情险境,令蒋介石又气又急。 突然,他大声喊道:"陈赓! 陈赓在哪里?"

"我在这儿,校长!"

陈赓从附近的战壕跳了出来,如闪电般出现在蒋介石面前。

"你马上到前面去,以我的名义命令谭曙卿,不许退却!"蒋介石急吼吼地命令道。

陈赓迅速奔向前边的战场,在横七竖八的尸体中一蹦一跳,终于找到了一筹莫展的谭曙卿,立刻传达了蒋介石的命令。

谁知这位谭师长却苦笑一声道:"不准退却? 谈何容易!"

"情况危急,拼死也得挡住敌军!"陈赓看出了局势的严重性,执拗地说。

"好吧,我执行。"

谭曙卿提起军刀，硬是从如潮的退兵中拦下了一些士兵，又向山下冲去。可没冲几步，就被一阵密集的炮火拦了回来。

陈赓传达完命令，迅速返回到总指挥部。还没等陈赓喊报告，已经猴急了的蒋介石似乎早已明察秋毫，他转过身对陈赓说："陈赓，革命军人不怕死，我命令你代理三师师长，立即重新组织抵抗。"

军令如山，陈赓二话没说，抽出驳壳枪，冲到山坡上那些潮水般涌来的溃兵当中，一边鸣枪一边叫喊："不要后退，听我的指挥！"

可他的叫喊就像耳旁风，溃兵仍如潮水般奔涌，陈赓无奈只好又跑回了山上的总指挥部。

"校长，情势不妙，您还是先随指挥部撤退吧！"陈赓报告说。

"不撤！我不撤！"蒋介石板着脸固执地说。

"敌人就要上来了呀！再不走就来不及了！"陈赓焦急地劝道。

"革命军人不能后撤！"蒋介石依然执拗地坚持说。

正在僵持中，林虎的大批叛军已悄悄迫近。

陈赓焦急万分，大声喊道："校长，胜败乃兵家常事，来日方长，我们还有机会，快走吧！"

话音刚落，一发炮弹就在他们身边爆炸了。

蒋介石仍一动不动。

"校长，你是总指挥，还是先冲出去吧！"

陈赓不由分说拉起蒋介石，与他那些军官、卫兵向着后山合围敌军的结合部冲去。

子弹和炮弹在耳边呼啸，不时有人倒下。陈赓拉着蒋介石在枪林弹雨中穿行。

好不容易冲到山下，蒋介石突然坐在一块大石头上说："我不走了，我还有什么脸再回去？好不容易打下了惠州，却没想到要葬送在此！"

眼看林虎的追兵就要赶来了，陈赓急中生智，一躬身，把蒋介石往背上一背，撒开腿就跑，那些卫兵也跟随着他们继续向结合部的一条小河冲去。黄昏时分，他们才脱离险境。

危急时刻，陈赓救了蒋介石一命，此事震动了整个国民革命军。

随后，陈赓被蒋介石调为随从参谋，可以随便出入他的办公室，甚至连一声"报告"都不用喊。

可是没过几日，当一份黄埔军校中共党员的名单摆放在蒋介石的案头时，他顿时就懵了，这个信得过的陈赓竟然是共党分子。

蒋介石吃惊的同时，也颇为伤感，为什么他青睐之人，偏偏与他歧路而行。他沉默片刻后，只在陈赓名下写了"此人不宜带兵"几个字，未做其他处置。

陈赓自然知道这里不是久留之地，于是以母亲病重为由请假回家。

蒋介石明知陈赓心中有数，但因他有"救命之恩"，不仅准了假，还送了船票、路费，外加一张委任状："兹委任陈赓为中央军事政治学校中校队长。"

陈赓走后，再也没有回到蒋介石身边，他后来落脚在上海，负责中央特科的情报工作，他的妻子王根英协助他做地下交通员，为党中央提供了许多重要情报，营救了大批被捕同志。

此时，蒋介石亲电给谷正伦，可说是未忘陈赓当年救命之恩，同时也给足了陈赓面子。

陈赓看后淡淡一笑说："没有什么好谈的！"

谷正伦发现坚贞不屈的陈赓不可能"悔过"之后，立刻露出了狰狞的面孔，立刻将陈赓囚禁起来。

上海的春天，美丽的绿色被黑暗的恐怖掩映，中共地下党组织和职务较高的领导干部随时处在被捕的危险之中，它如一条毒蛇悄悄爬向黄励，向黄励吐着信子。可黄励仍不顾险情为党工作着。

令她无论如何也想不到的是，数月后，造化弄人竟把她和陈赓关在同一个监狱。

被叛徒出卖

4月份的上海让革命者感到黑云压头,恐惧与危险并举,这个没有硝烟的战场四处弥漫着杀气,杀气在悄悄逼近每一个革命者,其中就包括黄励。

黄励自调任江苏省委组织部工作,就与组织部的秘书周光亚的老婆黄润华住在一起。

这个女人尚未经过革命的历练,参加革命是因为深爱周光亚,夫唱妇随而已。她对丈夫从事革命工作将生命置于危险的状态是不情愿的,可她又没有办法离开他,就这样陪伴他过着心惊肉跳的日子,不知道哪天厄运降临。

黄励自从跟她住在一起,有时间就跟她讲述革命的道理,每逢听完她都说自己深受鼓舞。

用共产主义的精神打动人感染人,是一个共产党员应尽的义务,黄励时刻提醒自己尽此义务。

这天,周光亚突然被特务逮捕了,黄润华闻听此讯惊吓得几乎说不出话来,继而就哭成了泪人。

黄励不停地安慰着她说:"每天都有共产党员被捕被枪杀,可共产党员是杀不完的,周光亚虽然被捕了,但组织上会设法营救他的,你不必太着急,更不用伤心。"

黄润华仍是不停地哭,她甚至几天几夜不睡觉不吃饭,人憔悴得经不住一阵风吹。

黄润华哭着说:"他是我在上海生存的依靠,他一旦有什么不测,我活着还有什么意义吗?国民党对共产党那么凶狠,真不知他会被折磨成什么样子呢。"

黄润华要死要活的样子,让黄励心里不忍,她想起自己在狱中的爱人杨放之,很理解黄润华此时的心情,便说:"实在放心不下,那你就去巡捕房看看他吧。"

黄励的话正合了黄润华的心思,她早就想去看望周光亚了,只是黄励不开口,她不好意思提出。

其实,黄励在这个时候是不应该让黄润华去探监的,这不论对敌人还是对黄润华都有了可乘之机。但身为女人的黄励,深知丈夫被捕的滋味,于是面对黄润华憔悴可怜的样子,她内心的原则渐渐被人性取代,恻隐之心使她忽略了潜在危险,于是她的麻烦也就随之降临了。

黄润华梳洗打扮后就去了巡捕房。

当黄润华第一眼见到周光亚时,她惊呆得几乎说不出话来了。浑身是伤、血迹斑斑的丈夫,此时已变成一只摇尾乞怜的狗。

周光亚果然没有扛住敌人的酷刑,他的身体既不是红骨也不是铁骨,他被刑具吓破了胆,他当了叛徒,出卖了同志。

但敌人并没有放他出去,而是将他当成一个诱饵,想钓一条又一条的大鱼。

他老婆黄润华恰在这个时候现身了。

这个女人的出现让巡捕房兴奋不已,他们正准备钓这条鱼出水呢。

巡捕房对黄润华很客气,他们显然已经知道了她的身份,只需她供出黄励的行踪,就可以让周光亚得到彻底的自由,他们甚至许诺提供给周光亚薪水丰厚的工作。

黄润华此时此刻心里是纠结的,她不出卖黄励,周光亚就得不到自由,她出卖了黄励,自己就成了叛徒。

她的灵魂在高尚与卑鄙之间徘徊。

黄励的热情善良、乐于助人不停地在她眼前闪现,特别是周光亚被捕后,黄励曾四处奔波,千方百计想办法营救周光亚出狱。如果自己在这个时候出卖了黄励,黄励就会被捕,甚至可能牺牲。这样做,是不是太卑鄙无耻了?……

周光亚见老婆犹豫不决,便劝道:"我已经招供了,你还在犹豫什么呢?你平时不是总劝我说要过自由幸福的生活吗?现在大门已经敞开了,就等着我们钻进去了。"

黄润华不安地望着丈夫周光亚,这个与自己朝夕相处的男人,当生命遭遇危险时,竟毫不犹豫地背叛了自己的灵魂,而且如此绝决,这大大超出了她的预料,她觉得他突然变得如此陌生,平时那些对组织表达忠诚的誓言就像说谎的云一样,倾刻被享乐的物质之风吹走了。

信仰到底是个什么东西呢?……她在心里问着自己,不知怎样给信仰下定义。

黄润华的信仰最终还是被丈夫左右了,她在巡捕房"自由幸福"

的诱惑面前全面突破了灵魂的底线,她出卖了黄励的一切。

为了稳住黄励,巡捕房仍让周光亚的老婆黄润华回到了黄励身边,同时对周光亚叛变的事始终保密。

对这一切,自始至终埋头工作的黄励显然是不知情的。她万没想到自己的身边已经被安插了监视器,这监视器就是一双女人的眼睛,她曾经那么依赖和欣赏这双眼睛里的目光。

黄润华回来后,声泪俱下地对黄励诉说着丈夫周光亚面对敌人酷刑坚贞不屈的表现。

黄润华说:"他被打得遍体鳞伤,衣服上全是鲜血。敌人太恶毒了,真是没有人性。好在我丈夫还扛得住,没有当叛徒出卖组织和同志。"

黄励信以为真,她丝毫没有怀疑黄润华是在演戏,这个女人真是一个出色的角儿,她竟然把机智的黄励哄住了,让她在危险面前失去了警惕和招架抵挡的能力。

这天开始,黄润华对黄励在生活上越发体贴入微地照顾,她特意买了一只鸡煨汤,说是黄励工作过度劳累需要补补身子。

黄励难得有时间坐在桌前喝黄润华煨好的鸡汤,她们边喝汤边聊着周光亚。黄励突然发现黄润华的情绪比前几天稳定多了,心情也平静多了,然而这个室友的细微变化,并未让黄励感觉有什么异样。这绝不是她的粗心,而是她太忙了,顾不上怀疑其他。

摆在眼前的事情就有好几桩,都是急而又急、刻不容缓之事。

营救陈赓,迫在眉睫。

南洋兄弟烟草公司,黄励发展了许多个共产党员,她还准备在那里建立党支部,以便开展工作,也迫在眉睫。

……还有,一桩桩一件件,头绪都要理清。

她忽而化装成阔太太,珠光宝气地坐在人力车上,这副打扮,让眼睛睁得再大的特务也难认出她来。

她忽而化妆成纱厂女工,穿着简朴的工作服,在工厂里穿梭,这里有她刚刚发展的党员。

她忽而又穿戴时尚奔走于租界律师事务所。

有一天,她在工厂门口等人力车突然被一个女工认了出来。

女工站在她身边,左右打量了一会儿说:"你不是教我们唱歌的那个人吗?"

黄励吓了一跳,急忙左右张望了一下,而后镇静地问:"你记错了吧? 我教你唱过什么歌呀? 我怎么不记得呢。"

女工目不转睛地望着黄励,将她教唱的歌曲哼了出来:

北风呼呼声怒号,

手提饭篮往外跑,

望一望工厂未到,

哎哟、哎哟……

望一望工厂未到。

……

黄励感到自己暴露了,为了避开危险,她快步离开了原地。

不光是黄励自己感到暴露了,上级组织早就发现有许多特务在窥探侦查她的行踪,留在上海工作对黄励来说太危险了,上级组织决定速送她前往苏区。

周光亚的老婆黄润华自始至终跟黄励生活在一起,她的叛变至今没有人知道,黄励的一切行踪也就在她的监视之中。

上级组织要送黄励去苏区了,她悄悄收拾着行李。

黄润华不动声色地观察着黄励,故意问:"这次你真的要离开上海了吗?"

黄励毫无警惕地回答:"是的,离开上海了。"说着将自己的一些带不走的衣物理清送给了黄润华。

黄润华不好意思地收下了。

黄励此时并不知道一只恶狼已经张开血口,准备狠咬自己一口了。可她却对这只恶狼微笑。

在黄励动身的前一天,她与黄润华依依惜别,叮嘱她千万别着急,组织上正在设法营救周光亚。

黄润华假惺惺哭起来,并说了许多感激黄励的话。

这一天的收拾和折腾,令黄励身心俱倦,入夜后,她很快就睡着了。

黄润华却没有睡,黑暗中她始终睁着一双眼睛在观察黄励,当她发现黄励已经沉入梦乡,便起身在她床边站了片刻,见黄励确已熟睡,黄润华于是悄悄跑到外面,将此事报告了法租界的巡捕房。

黄润华回来的时候,黄励仍在熟睡。

黄润华躺在床上,紧张地喘着粗气,这时她听见黄励翻身的动静,嘴上还说着什么,黄润华没有听清,想到黄励很快就要沦为阶下囚了,迎接她的将是屠刀和死亡……她突然不安地坐了起来,目光朝黄励的床上注视,她想喊她起来,将一切都告诉她,让她快跑……这时,周光亚的话忽然在耳边响起:"你平时不是总劝我说要过自由幸福的生活吗?现在大门已经敞开了,就等着我们钻进去了。"

黄润华望望睡熟的黄励,无奈地舒了一口气,侧过身睡去了。

这是4月的最后几天,上海的春天已在柳梢上尽情地妩媚起来,大自然的春天来了,黄励生命的寒冬却到了。

黄励并不知道西爱咸斯路已被特务设下了陷阱,她正在一步步走进陷阱。

被捕入狱

4月24日这天,黄励在西爱咸斯路七二九弄九号家中,被特务牢牢盯住,可她事先丝毫不知。

早晨起来,天气有点阴沉,黄励在忙着收拾东西。

黄润华走到窗前,故意推开窗子,一股阴风迎面吹来,她下意识地向后闪了一下,这时她望见了街巷口鬼鬼祟祟的特务,不由倒抽了一口冷气,随即又把窗子关上,走到里间屋门口,对正在收拾东西的黄励说:"我去买早点了啊,今天您想吃什么呀?"

黄励没抬头,随口说:"吃什么

都行，你买什么我就吃什么吧。"

黄润华说："那我走了啊。"

她刚出门不久，特务和法租界巡捕就闯了进来，将黄励逮捕了。

黄励惊讶地望着他们，突然明白发生了什么。

四天以后，即1933年4月28日，上海《申报》刊出了有关黄励被捕的消息：

捕获女共产党——长沙人张秀兰

上海市公安局局长文鸣恩，于日前接得密报，谓有共产党女党员长沙人张秀兰，即黄丽，现年二十九岁，匿住法租界西爱咸斯路七二九号弄内九号门牌，在沪秘密工作等情。文局长据报，于前日上午，备文派员投法捕房，声请协助拘捕移提等情，当由政治部长派中西探会同按址驰往，将张拘获，并抄出文件书籍等物，带入捕房。翌日下午介送江苏高等法院第三分院请讯。三点半时，由周韫辉刑庭长偕郭德彰、樊培思两推事会同检查官开刑三庭提审，捕房律师姚肇策出疾声请延期调查。公安局亦派员到案，请求移提。因庭上宣告案关政治，禁止旁听。闻审讯结果，庭谕改期查明再讯，被告还押候示。

黄励进了巡捕房，精神就高度紧张起来了，在这难熬的四天里，她首先理清了自己的思绪，一口咬定自己叫张秀兰，是一名普通的妇女。而后她就猜测是谁出卖了自己……莫非叛徒就是周光亚和黄润华？她怎么也不敢肯定自己的猜测。如果不是他们，那又会是谁呢？……黄励内心迫切地想把消息透露给上级组织，使党组织免遭更大的损失。她知道考验自己意志的时刻来到了，不管从前她怎么信誓旦旦在党旗下宣誓，她面对的都是自己的同志，而现在她要面对的是魔窟里的敌人，她早就闻听过敌人折磨共产党的招数，但眼下对她来说，一切都无所畏惧了。

黄励有精神准备是明智的，有备而无患。将共产党视为对民国有危害的国民党警察局，对共产党人的一贯伎俩就是用重刑撬开他

（她）的嘴。更何况一个年轻貌美的女共党，那些靠折磨共产党拿大饷的黑皮警察，自然知道对付女共产党的招数，他们能让帅孟奇坐老虎凳并往她的嘴里灌煤油，就能让张秀兰享受同等待遇，甚至是"更高"规格的待遇。

他们对付女政治犯是太有办法了，皮鞭、镣铐、老虎凳、藤条、辣椒水、烧红的铬铁、竹签……比这些更可怕的还有狱警们兽性的发泄。

这个叫张秀兰的女政治犯显然令狱警们兴奋，她既年轻貌美又性格倔强，狱警们最喜欢摆弄这样的女政治犯了，他们的心和他们手中的刑具有一种强烈的征服欲，他们要设法让女政治犯招供，他们的心就必须与刑具配合出折磨她的花样。

先是一轮鞭打，他们只打她的胸部和背部，以免择日庭审时，被舆论关注而引起公愤。

黄励一声不吭，任凭皮鞭雨点般落在皮肉上，就像落在与自己不相干的物体上。

女政治犯的不以为然让狱警们越发气恼，他们轮换着在她身体的皮肉上甩鞭子，一会儿他们就筋疲力尽了。

经过毒打的女政治犯黄励已经无力出声，但她内心的信念坚定而清晰。

狱警们停下鞭子抽根烟，算是喘息一会儿，这时他们想听女政治犯承认自己是黄丽，于是就用烟头烫她的乳。

"你说，你到底是不是黄丽？"

狱警们气急败坏地问，他们看到烟头冒出一股轻烟，挟着人油味。

女政治犯虽有气无力却坚定地回答："我是张秀兰。"

狱警们简直气疯了，这么狠的鞭子，打在身上已经皮开肉绽了，她还在嘴硬。那就换一种打法吧。

于是他们将她的四肢捆在椅子上，用藤条抽她的下体，对女政治犯来说，这可算是最残酷的一种刑法了，经过藤条抽打的女人，走路难迈开步子，那一片神经最敏感的区域，伤后的疼痛可说是忍无可忍。

藤条的折磨使黄励昏死过去，狱警们给她全身泼冷水。

不知过了多久，当她醒来，她听见狱警们说："想不到女共党也这么经打。"

其中一个狱警笑道："她们连骨头都是红的，还怕打吗？"

另一个狱警说："先把她拖回去吧，我打累了。"

其中一个狱警接着他的话说："也好，免得开庭审训时见不得人了。"

深夜，黄励被两个狱警拖进了大牢，她被黑夜和黑暗围得严严实实。 不知她的灵魂在黑夜里挣扎多久，飘向了哪里……

后半夜，她醒来了，浑身的刺痛和冰冷的水泥地让她忆起了刚刚发生的一切……组织上知道她被捕了吗？ 究竟是谁出卖了自己？ 党内接二连三出现叛徒，许多同志被捕牺牲。 她不由想起了爱人杨放之，此刻他也跟自己一样遭受着敌人的折磨，但她坚信杨放之绝不会当叛徒，他对共产主义信仰的坚定与自己是一样的。 想到爱人意志的坚定，黄励此时稍有一丝安慰，同时她心里又有了一个主意，那就是以绝食与敌人斗争下去。

第二天，监狱的铁锁"咣啷"响了一声，有狱警将饭送了进来。

黄励真有点饿了，自从被捕入狱她就没见过饭，一直被打被折磨，今天总算见到饭了，尽管饭菜像猪食，她仍嗅到了香气，但此时她的饥饿感与她的意志力较量起来了。

饥饿说："我要吃饭，我快饿死了。"

意志说："绝食是一种斗争方式，你要是吃饭，你就投降了。"

饥饿说："可我快饿死了。"

意志说："共产党员的意志是不能被饥饿击垮的。"

……

一天两天三天……数天过去了，黄励的意志战胜了饥饿，她继续绝食。

这让狱警们惊慌失措，并不是她的绝食令他们害怕，而是公安局的再度提审，绝食的女政治犯身体难以支撑场面。于是，他们强行对她实施了必要的手段。

黄励并不知道今天要被公安局提审，更未想到会与出卖自己的叛徒狭路相逢。

在提审现场，警官问她："你是黄励吗？"

黄励十分镇静地回答："你们已问过多少遍了，我是张秀兰，谁说我是黄励呀？"

警官指责道："你只承认自己是张秀兰，这实际上是在欺骗我们，企图蒙混过关。"

黄励冷笑了一声，随后无情地揭露说："你们国民党哪一天不在欺骗民众？！同日本签订《淞沪停战协定》，又不敢公布，难道这不是欺骗吗？上海是中国人的地方，却要外国巡捕来抓中国人，这岂止是欺骗，简直是卖国！"

警官得意地瞟了她一眼道："好了，你也不要在这里嚣张了，现在我让你看一个人，等你看到这个人，就不会再说自己是张秀兰了。"

警官说罢，起身向外面招了招手。

西装笔挺、油头粉面的周光亚立刻从门外闪了进来。

周光亚与黄励同为党组织派遣到莫斯科中山大学的学生，1931年回到上海。黄励任中共江苏省委组织部长时，他任黄励的秘书，被捕后经不住敌人的威逼利诱，很快成了可耻的叛徒，眼下在上海市公安局特务股说服组做事，专门劝降共产党人。

周光亚走进来后低着头，目光不敢直视黄励，他显然做贼心虚，是他灵魂的堕落使眼前的这个中共女组织部长沦为阶下囚，他怕皮鞭、镣铐、老虎凳还有各种刑具，他因此说出了黄励的身份，让她去人间地狱尝受苦难，当他听闻了她在狱中的坚毅表现时，夜里他曾经暗自脸红和羞愧,而白天当他面对自己脱胎换骨的人生和优越的物质生活时,他又厚着脸皮从容淡定地出现在黄励的面前,今天他是作为证人来劝黄励投降变节来的。

无所畏惧、一身正气的黄励,在发现周光亚的一霎那,突然惊愣了一下,她的第一反应就是周光亚叛变了,同时她的眼前还闪过了周光亚之妻黄润华温情的面孔,如今看来那是多么的虚伪狡诈……于是她什么都明白了。

黄励瞬间怒火中烧,五脏六腑都聚集起了力量,如同炮火般射向周光亚,她伸出手想狠狠打这个无耻的叛徒两个耳光,可她立刻被站在一侧的警察拉住了,她只好将嘴里的唾沫吐在周光亚的脸上,怒火冲天地骂道:"你这个可耻的叛徒、贪生怕死的可怜虫,居然还有脸来见我? 你给我滚出去,不要站在我面前,玷污我的眼睛,我不想看见叛徒的嘴脸……"

周光亚吓得不敢出声,头埋得更低了,毕竟出卖灵魂的人是心怀鬼胎的,而一个心怀鬼胎的人最害怕的就是凛然正气。

同样惊慌的还有警官,他也被黄励凛然的举止吓住了,吃惊地高喊:"你真是反了,在这里还敢打人?!"

黄励毫不畏惧、理直气壮地说:"我打的是叛徒,出卖灵魂、出卖主义、出卖同志……这样的叛徒就要打!"

警官惊慌失措的同时,突然得意地拍着桌子吼道:"这么说你承认自己是黄励,是共产党员了?"

此时愤怒的黄励已顾不得多想,她把头使劲一扬,齐刷刷的黑发就像鸟的翅膀在半空中高傲地甩过,她的喉咙突然发出豪情万丈的吼叫:"我就是黄励,江苏省委组织部长,光荣的中国共产党党员。 共产党的事我做了很多,就是不告诉你们!"

警官假惺惺地说:"你承认是黄励,这很好。 只要你说一声从此不干共产党,保证给你高官厚禄。"

黄励不屑地瞟了警官一眼,以一副傲然的姿态环顾现场说:"我是共产党员，要永远干共产党，什么高官厚禄，见鬼去吧！"

警官紧接着问："共产党危害民国，难道你不知道吗？"

黄励威风凛凛地盯着警官说："你知道共产党是干什么的吗？共产党是救国救民的。共产党搞革命，宣传马克思列宁主义，让穷苦人翻身得解放，共产党要民族独立，不受外敌欺负。日本帝国主义侵略我们，我们就要打倒它。"

警官打断黄励的话大声说："你们共产党要打日本，可我们国民党主张攘外必先安内。"

黄励立刻大声斥责道："因为你们是卖国贼、是汉奸走狗！日本人侵略我们，你们不打日本人，就是想当亡国奴。"

"你简直放肆！"

警官又恼又羞，担心黄励继续宣传马列主义，审讯无法再进行下去。

于是，警官慌忙念了一纸判决书："根据本法庭审理结果，被告张秀兰原名黄励，系中共江苏省委组织部长，有廖平凡（即周光亚）等人供认。依据《危害民国紧急治罪法》第七条，本庭决定被告张秀兰，将交由上海市警察局移提归案讯办。"

数天后，法院正式开庭审讯，旁听的人很多，报馆来了好多记者。

黄励感到这是一个不可多得的宣传机会，于是她当着众人的面，慷慨陈词宣传马列主义。

她说："中国需要共产党，共产党是为劳苦大众谋幸福的，只有中国共产党能够救中国，而国民党是卖国的。"

法官当庭喝斥道："你骂国民党卖国，你有什么证据？"

黄励据理力争地回答："淞沪协定不是卖国吗？强迫十九路军撤退不是卖国吗？逮捕和屠杀爱国志士不是卖国吗？……"

法官被问得哑口无言，尴尬地搪塞道："共产主义理论是荒谬的，它不适合中国。"

黄励大声驳斥说："马克思和恩格斯创立的科学共产主义学说，为千百万被压迫、被奴役的劳动人民和无产阶级指明了翻身解放的道路,十月革命一声炮响,给中国送来了马克思列宁主义,中国人民在中国共产党的领导下,与帝国主义、国民党反动派进行了浴血的斗争,看看国民党反动派是怎样屠杀共产党人的吧? ……"

法官急忙制止黄励说:"你不要再胡言乱语了,你讲这些是违法的。"又劝诱说:"你年轻,有才华,懂俄语、英语、德语,要是愿意加入国民党,真能派上大用场呢。"

黄励冷笑一声道:"我怎么可能给卖国政府当卖国人才呢? 简直可笑!"

法庭变成了黄励宣传马列主义的讲堂,旁听的群众深受感染。

旁听席上,有个年轻的记者将法庭审讯的场景如实记录下来,回去写成文章报道了出去,说共产党人如何英勇不屈。文章见报后,在社会上引起强烈反响。

不久,那个年轻的记者竟被捕了。

接着,上海《申报》1933年5月2日又刊发了一则告示:

住法租界西爱咸斯路七二九弄内九号门牌,湖南长沙人女子张秀兰,又名黄丽,年二十九岁,在共产党中担任重要职务,在沪秘密工作,其书记某甲于日前在公共租界被上海市公安局派员报请捕房协助拘获,解送高二法院,由公安局移提归案询辩,旋据甲供出张之住所,遂由公安局再请法捕房协助于上月二十五日上午十一时将张逮捕,翌日解高三分院,请询事情已略志前报。兹悉张女充任共党江苏省委组织部长,在沪活动。闻高三分院提审时,张直认反动,对庭上所询,一味强硬挺撞,答非所问。是日公安局到来迎提,并将其书记某甲带案质对,张见某甲时,怒目狰狞,恨不能一口吞甲下肚,以伸其泄露秘密之恨,闻当日即由庭上裁决被告张秀兰准交公安局来员提去归案询办。

黄励随后被押解到上海市公安局,此时他们对待政治犯又变换了花样,严刑拷打改为威胁利诱加哄骗,这差事主要交给叛徒们来办。

叛徒们大多都因出卖同志而换取了人身自由，有的还在国民党当局谋到了不错的差事，可他们闻听黄励在法庭上大骂周光亚，并差点打了他两耳光，都不敢出面对她进行哄骗利诱，更不敢对她现身说法，到了她面前只是问问姓名而已。

黄励则利用在公安局看守所的机会，了解一切被捕同志的情况，对看守所被关押的同志进行共产主义必胜的教育，鼓励他们坚定立场与敌人斗争到底。

这让公安局既头疼又无奈，他们匆匆为黄励办了押往南京宪兵司令部的手续。

黄励被带上手铐，在第二天深夜被押上从上海去南京的火车，第三天被转送到南京宪兵司令部看守所。

政治犯到了南京，大多是死路一条。那里有专门埋葬共产党的雨花台，刽子手们对意志坚定的共产党员从来都不手软，更不会心慈，他们在举枪的时候会又气又恨地喊："你们这些共产党，连骨头都是红的！"

黄励被押往南京的消息，立刻被江苏省委获悉。

江苏省委紧急部署营救黄励的行动。

5月3日，江苏省委立即向各级党支部发出紧急通知：

"黄励同志是反对帝国主义国民党白色恐怖的坚决的领袖，在营救牛兰夫妇和一切政治犯的运动中，她是上海无产阶级群众的唯一的领袖！她领导过上海的工人运动，是工人群众所信仰的波尔塞维克的战士！

"黄励同志于四月二十四日由于国民党刽子手无产阶级叛徒周光亚和黄润华（周妻）的告密被帝国主义租界当面捕去。叛徒周光亚无耻地指证黄同志。在酷刑虐残之下，黄同志表现最勇敢最坚决，始终是为中国革命而斗争的领袖。她在狱中绝食反抗帝国主义国民党和叛徒们的白色恐怖！她在法庭上揭露了帝国主义国民党和叛徒们的狰狞面目，骂得他们狗血淋头，真是要一口气把他们吞下肚去！现在黄同志已解到南京,生命危在旦夕。

"我们对帝国主义国民党和叛徒们的逮捕酷刑对待黄同志应做最有力的反抗。各支部要立刻举行群众大会,组织营救会,广泛的进行抗议书签名运动,募捐探慰黄同志,各区应在几个群众的营救会基础上,组成区委员会,以至于全上海的营救委员会,派群众的代表团去南京,并要民权保障同盟提出,立即释放黄同志和一切政治犯!

"同时,要将黄同志的英勇斗争的事实,向广大群众宣传,和周光亚夫妇及一切叛徒的刽子手行为对立起来,提高群众对叛徒的愤恨,立刻在各厂至少两队自卫队或打狗队,集体消灭叛徒。

"互济会要立刻进行分会的动员,要利用黄励同志所领导的营救牛兰夫妇运动中的经验,进行群众的营救!

"黄同志的生命危在旦夕了!群众的力量、也只有群众的力量才能达到营救黄同志的目的!"

就在江苏省委想方设法营救黄励的时候,黄励已经在南京宪兵司令部看守所内了,她时刻准备着,为共产主义牺牲自己的一切。

捍卫灵魂的高贵

　　国民党在屠杀前仆后继、英勇不屈、才华横溢的共产党员时，私底下是为他们年轻的生命惋惜的，同时他们也看到中华民族优秀的子孙都心向共产党，并不是共产党给了他们高官厚禄，而是共产党有一种引领年轻人积极向上、冲破一切陈规陋习的精神，这精神一旦成为信仰，他们就会赴汤蹈火在所不惜，直至牺牲生命。

　　得民心者得天下，民心所向，国民党使尽招数和伎俩也得不到他们想要的民心，而人才和民心对成就和支撑一个政权是多么要紧……

当国民党终于缓过神来,想争取民心的时候,他们把那些张牙舞爪折磨人的喋血刑具暂时隐在了身后,他们开始变脸,对一些有可能争取到自己阵营的政治犯们微笑,这其中就包括黄励。

黄励的才华与勇气并举,这样的女人堪称是杰出人才,眼下国民党最需要这样的人才,她因此被南京宪兵司令部"特殊优待"。

在南京宪兵司令部的看守所里,黄励一个人独享一间号子,这间特殊的号子不仅不上锁,还提供书报,黄励可以读书看报、自由出入,并享受许多上等食品的特供。

黄励突然感到自由是多么难能可贵,美食是多么爽口润胃,当她发现这一切都来得异常容易时,她警惕到这是对灵魂的侵蚀,而眼下对她来说最重要的就是捍卫高贵的灵魂。

黄励是铁打的,"黄铁匠"的绰号国民党或许不知,这绰号一是形容她身体的坚硬,二是形容她意志的坚定。

刽子手们已经用刑具考验过她坚硬的身体了,现在他们要用甜言蜜语诱惑改变她的意志,从而使她的精神防线崩塌,灵魂从共产党的壳中钻出来,进入国民党的体内。

聪明的黄励看透了这一切,她利用这"自由",在看守所我行我素日夜奋斗。

生命不息,为共产主义奋斗不止。

她心里时刻重温着自己入党时的誓言。

在所有的优待条件中,黄励特别珍视读报纸的自由,她利用这一自由经常彻夜阅读报纸,将报纸上的信息总结分类,然后趁放风的机会悄悄说给其他同志。 她在这里见到了帅孟奇、陈赓、夏之栩①……

---

① 夏之栩,女,1906年生,浙江省海宁县人。曾用名夏子肾。中共七大正式代表。1918年入湖北女子师范学校,在校受到共产主义思想的启蒙教育。1922年5月加入中国社会主义青年团,1923年1月转为中国共产党党员。同年到北京担任北方区团委委员。1924年1月至9月任青年团武昌地委候补委员。2月至9月负责青年团地委工运工作。1925年2月至10月任共青团北京地委候补委员。2月被推为在李大钊的指导下成立的北京妇女国民会议促成会(转下页)

同志们的不屈不挠成为黄励在狱中坚持斗争的动力,同时她也不甚孤独了,感到自己有了坚强的伙伴。

同志们根据从黄励那里得到的报纸消息判断着当下的形势,以便更好地与敌人周旋斗争。

黄励的一举一动都被看守所长姚慕儒看在眼里,这个非比寻常的女人,让他从内心感到真正的共产党是不好对付的。

这天,看守所长姚慕儒专门找黄励谈话。

看守所长是带着宪兵司令部的任务来的,他感到这任务沉重得如一只铁砣,压得他透不过气来。上峰要他做黄励的工作,只要黄励答应退出共产党,就可以被释放,获得彻底的自由。

还有,黄励可以在国民党内任职,她需要什么职务,只要提出来,上边都可以答应。

上峰觉得这事对看守所长姚慕儒来说易如反掌,可他叹息道:真

(接上页)委员,以促国民会议的召开和"女子本身种种权利问题"。5月至10月负责共青团妇女部工作。1926年1月至5月任共青团北方区执行委员会宣传委员会书记兼妇女运动委员会书记。同年任中共中央秘书处秘书等职。曾参加上海工人三次武装起义。1927年11月至1928年6月任中央党报委员会委员,后任中共中央办公厅党务委员会秘书处负责人。1929年赴莫斯科学习。回国后,1932年被分配到全国总工会女工部工作。曾任中共上海江浙区区委委员、江苏省委秘书、中央组织部秘书及交通(员)。1937年12月至1938年10月任中共中央长江局组织部交通组、救济工作组负责人,负责八路军南京、武汉、桂林办事处的党内交通。1941年底回延安,任中共中央社会部干部处处长、中央组织部秘书处处长。1945年4月至6月作为大后方代表团成员出席中共七大。1948年6月至1949年9月任中央直属机关委员会副书记、常务委员。1948年12月至1949年2月任中共郑州市委副书记。1949年5月至1952年11月任中共武汉市委常委、组织部部长(至1951年6月)。1950年3月至1952年9月任中南军政委员会委员。1951年5月至1952年11月任中共武汉市委秘书长。后调北京,任轻工业部办公厅主任、党组成员,食品工业部部长助理。1960年5月至1966年5月任第一轻工业部副部长。1966年5月至"文化大革命"初期任第一轻工业部"文化革命"领导小组负责人。1970年4月至1982年4月任轻工业部副部长、党组成员等职。第一、第三届全国人大代表。第五届全国政协常委。中共八大代表。1982年9月至1987年11月任中共中央顾问委员会委员。1987年12月22日因病在北京逝世。

是站着说话不腰疼啊。

姚慕儒太了解黄励了,这个女政治犯自从进了看守所就成了他的眼中钉,从种种迹象判断,他觉得自己奈何不了这个女人,她灵魂中的红色信念已经渗入了骨髓中,就连骨头都是红的。

今天,姚慕儒想试试自己判断得正确与否。

他把黄励"请"到了自己的办公室,他请她坐下,听他述说着她可能得到的优惠。

说完这一切,他静静地打量着黄励,期待着她的回答。

他发现黄励的脸上十分平静,就像没有听见他说的话一样,尤其是她的两道眉毛,又黑又粗地高挑着,犹如两柄不屈的刀剑,直插人的心脏。

说实话,姚慕儒心里是畏惧这样的女人的。

黄励一味沉默,让看守所长有点沉不住气了。

姚慕儒知道宪兵司令部如此"优待"黄励,是因为她的才华,一个二十九岁的年轻女性,曾留学莫斯科中山大学,会德语、英语,精通俄语,对共产党忠诚得死心塌地,特别是她在法庭上的英勇不屈,真是令人钦佩,共产党的铮铮铁骨如果移植给国民党,就会筑牢国民大业的一统江山。遗憾的是,国民党中这样的人才凤毛麟角。尽管共产党员中的有些人已经投靠了国民党,成了共产党的叛徒,但这显然是不够的,国民党需要共产党的集体转向,如果达不到他们的要求,那就要面对血淋淋的死亡。

黄励自从来到南京宪兵司令部,进了看守所,就做好了牺牲的准备。她已下定决心,只要活着,就要不间断地宣传马列主义,这是她的责任,更是她的义务。

黄励听完看守所长姚慕儒的一大堆诱惑,忽然仰天大笑。

看守所长奇怪地望着她,以为自己方才的劝降奏效了,不禁急忙问:"黄小姐,你接受我们的优惠条件了?"

黄励不屑地瞟了看守所长一眼,讥讽道:"所长大人,你不觉得自己很可悲吗?"

看守所长反问道:"我可悲什么呢?"

黄励接着说:"你可悲在为一个腐败的政府卖命,这个政府结党营私,搜刮民脂民膏,剥削劳苦大众,残杀共产党人……更令人愤怒的是,出卖民族利益……这样腐败的政府最终是要走向腐朽的,你在为他们敲丧钟啊。"

看守所长怒声打断她的话:"好了,你不要再说下去了,摆在你面前的只有两条路,要么生要么死。你想活着,就投靠国民党,你如果坚持自己的主义,那国民党就会要你的命。"

黄励不以为然地说:"为共产主义事业而死,死得其所。"

看守所长恶狠狠地骂了一句:"真是顽固不化。"接着又假惺惺地说:"哎,年纪轻轻的,在监狱里囚着真是太可惜了,生命只有一次,没有第二次了,你可不要幼稚啊。"

黄励冷冷地说:"如果活着像条狗,没有理想信念,那就枉为人了。这样的人生我不要。"说罢转身出门。

这一幕恰好被看守班长张良诚看到了,他对黄励的言行由衷钦佩,心里生出一种敬意。

在这个看守所里,拘禁着陈庚、帅孟奇、夏之栩等革命同志,他们高尚的言行深深影响着张良诚,使他的思想渐渐发生着变化。这些共产党人可谓是软硬不吃,只追求共产主义信仰,他坚信,一个为信仰而活着的灵魂是高尚的灵魂。

张良诚因此对黄励在看守所里的赤色宣传从来就睁一只眼闭一只眼。他甚至在一旁偷听,并在心灵中接受和消化。

黄励被看守所长姚慕儒"训话"后,不仅没有收敛自己的行为,反而变本加厉宣传共产主义,尤其对看守所的看守,黄励觉得如果能在他们中间策反,那才是宣传共产主义的真正成功。

看守所长姚慕儒的儿子在外地读大学,回来看望父亲,因为工作的关系,父亲长年住在看守所里,儿子也只好随父亲在看守所住了几天。

　　这个年轻的大学生对号房里自由出入的女政治犯黄励十分好奇，便悄悄问父亲这个女政治犯的背景。

　　姚慕儒正色道："你可要离她远点，这个女政治犯的心完全被共产党赤化了，你小心被她策反了。"

　　看守所长的一番话，让儿子越发对这个女政治犯好奇起来。

　　这天，趁黄励看报纸的时候，看守所长的儿子悄悄走了过去。

　　黄励早就注意到这个年轻的大学生了，在他走近自己的时候，她放下报纸问："你是大学生吧？"

　　看守所长的儿子点点头。

　　黄励接着问："你们上大学都学习什么呀？"

　　看守所长的儿子说："学习文化知识呀。"

　　黄励又问："学习文化知识干什么呀？"

　　看守所长的儿子回答："将来为社会服务呀。"

　　黄励笑道："那你是为统治者服务，还是为劳苦大众服务？"

　　看守所长的儿子忽然一愣，他似乎还从未想过这个问题。

　　黄励见状，感觉这是个宣传共产主义理想的好机会，索性打开天窗说亮话，给他上起了政治课。

　　黄励说："首先自我介绍一下吧，我是女政治犯黄励，因为宣传共产主义被国民党抓进了牢房。你知道什么是共产主义吗？"

　　看守所长的儿子一愣，随后懵懵懂懂地说："共产主义就是一个幽灵在欧洲徘徊……"

　　黄励打断了他的话，纠正道："你显然不知道什么是共产主义，共产主义是一个人人平等的理想社会，没有压迫没有剥削，共产党就是要率领劳苦大众为实现共产主义的理想社会而奋斗。"

　　看守所长的儿子沉默了一会儿说："你讲的这些大道理我没什么兴趣。"

　　黄励直问："那你对国民党的腐败有兴趣吗？他们对内剥削劳苦

大众，对外卖国求荣，伤害民族尊严，现在日本侵略我国的大片领土，国民党不去抗日，反倒发动反革命政变，枪杀共产党人，真是一群贪污腐化、祸国殃民的败类。社会如此黑暗，你们年轻人难道就浑水摸鱼无动于衷吗？"

看守所长的儿子无语地转身走了。

这个年轻人见到自己当看守所长的爸爸，一定大发了一顿感慨。也许父子俩还进行了一场有关世界观的争论，令看守所长姚慕儒恼羞成怒。

第二天，姚慕儒在号房里见到黄励，疾言厉色地说："黄励，你不要忘了自己是犯人的身份，这里是看守所，你不是骂国民党投降卖国，就是骂蒋介石祸国殃民，而共产党又好在哪里呢？我看你是喝了共产党的迷魂汤了。"

黄励毫不示弱地说："共产党的迷魂汤好喝，我喝得不够，还要多喝几碗呢。"

姚慕儒假装叹息说："你不要执迷不悟！你这么年轻，又有才干，为什么要一条道跑到黑往死里钻呢？只要你在报上登个声明，不当共产党了，与共产党脱离关系了，你立马就可以从这间号子里走出去，获得人身自由，国民政府还可以给你职位，随便你挑选，想干什么都行。……"

黄励冷笑道："那我就从狗洞子里爬出去了，可我是人啊，是人就要捍卫自己的灵魂，更何况我是一个共产党人。"

姚慕儒不屑一顾地哼了一声道："一个女人，何苦要受这份罪呢？人生不过几十年的光阴，今天活着，明天可能就见阎王了，为什么要跟自己过不去呢？你又不是没尝过那些刑具。要是上边一个旨令下来，那可不是刑具的问题了，那是枪对着你的脑袋了。……"

未等看守所长姚慕儒把话说完，黄励就将他顶了回去："别拿死亡来吓唬人，我黄励绝不是贪生怕死的可怜虫，你也不要用什么'自由''职位'来诱惑我，我们共产党人正是为了劳苦大众的自由解放才闹革命的。为了劳苦大众的自由幸福，共产党人不惜牺牲个人生命。任何威胁利诱在共产党面前都见鬼去吧！"

看守所长姚慕儒被黄励的一番慷慨陈词斥责得顿失威风，他十分尴尬、神情狼狈地说："我好言相劝竟招来你一顿臭骂，你不听劝也罢了。不过，你得给我老实点，这是监狱，不允许你肆无忌惮宣传共产主义……哼，竟然宣传到我儿子头上了，你胆子真不小！"

黄励讥笑道："原来那个年轻的大学生是看守所长的儿子呀，如果当初知道他是您的儿子，我应该多跟他宣传共产主义。"见看守所长姚慕儒无言以对，黄励又说："共产党员不宣传共产主义宣传什么呢？我是因为宣传共产主义才被你们抓进监狱的，想封住我的嘴巴不让我宣传共产主义吗？那除非我死了，喉咙再也不能发声了。"

姚慕儒瞪着一双阴森森的眼睛，恶狠狠地说："等着吧，有你的好果子吃！哼，执迷不悟。"

黄励望着看守所长姚慕儒悻悻离去，她得意地哼起了《国际歌》。

此时此刻，看守班长张良诚远远地站着，欣赏着黄励哼唱的《国际歌》，他真想跟着哼唱，他已经渐渐熟悉这曲子了，可他不能唱，哪怕是小声哼哼。这是国民党警备司令部看守所，他岂能公开唱反调？！

被征服的"红色信使"

　　黄励利用一切时间争分夺秒宣传革命和共产主义,她把看守所当成了阵地和战场,她给难友们讲革命故事,教大家唱《国际歌》,同时把苏联的海员歌译成中文来唱,以此鼓舞大家的斗志。最重要的,她还与陈赓、帅孟奇、夏之栩等同志一道,分化瓦解敌人的营垒,争取进步青年参加革命。

　　看守所的张良诚,狱中同志都喊他张班长,此人为人正直,对叛变投敌的人十分鄙视和憎恨,对意志坚定的同志则由衷尊重。

　　他对待狱中犯人的态度就像是

政治测量表,从他的表情中就可以判定这个人在牢里的表现如何,是意志坚定还是当了叛徒。

陈赓对蒋介石威逼利诱的那种鄙视精神,帅孟奇面对酷刑的坚贞不屈,罗登贤痛打叛徒余飞的英勇气概,黄励怒斥叛徒周光亚的英雄壮举……都让张良诚佩服得五体投地,因此陈赓、帅孟奇、罗登贤、黄励等政治犯是颇受张良诚敬重和亲近的。

黄励等人就找机会与张良诚不断接触,对他进行政治宣传,将他争取过来为党工作。

黄励利用一个人住一间房子,而且不上锁,还可以看报纸的一点点"自由",经常找张良诚聊天。

这天,黄励问起了张良诚的身世。

"你为什么要来干这个? 你家里都有什么人呀?"黄励问。

张良诚左右望望,见无人注意这里,便跟黄励敞开了心扉:"我是安徽人,1911年出生,我从小就失去了父母,流浪南京时,被国民党抓去当兵。在部队里,当官的看我办事还算伶俐,就送我到南京宪兵司令部警务处第六科当勤务兵,警务处长见我做事勤快,人又老实,不久就把我补为看守所的所丁。我也是万般无奈才端了这个饭碗呀。"张良诚说罢无奈地叹了一口气。

黄励眼圈红了起来,张良诚的话让她想起自己同样苦难的童年,为了进一步与张良诚交心,黄励也坦诚地跟他讲起了自己的身世。

"我跟你一样,也从小就失去父亲了,自幼靠母亲和姐姐做鞭炮、替别人洗衣服为生。所幸的是,我有一个靠手艺生活的舅舅,日子比我们家好过些。在舅舅的资助下,我上学读书,并考取了武昌的中华大学,走上了革命道路。想不到被叛徒出卖,落入敌人的魔掌了……自从来到这里,我就没想活着出去。"黄励说,脸上是一副不屈的表情。

张良诚钦佩地说:"虽然我是个看守,可我心里很敬佩你们这些坚贞不屈的共产党,看到你们如此忠于自己的理想和事业,我觉得中国的未来还是很有希望的。"

黄励立刻激情澎湃地说:"共产党就是要改天换地,让劳苦大众过上幸福美满的生活。"

见张良诚态度认真地注视着自己,脸上有一种渴望听下去的表情,黄励接着说:"你年轻,又诚实伶俐,一辈子在这里当一名所丁,太可惜了。年轻人要有志气,为自己的未来找出路。"

张良诚左右望望,神情沮丧地问:"我在看守所里怎么去找出路呢?端谁家碗受谁家管,在这里混口饭吃罢了。再说,我要向哪一方面找出路呢?我是没办法找到出路的。"

黄励趁机说:"你在这里的确是没办法找到出路的,可你想过从共产党那里找到出路吗?"

张良诚紧张地望着黄励,他不知道应该怎样回答她的问题,她提出来的"出路"对他来说是突兀的、恐惧的,令他措手不及的。但他心中又充满了对这个神圣组织的向往和敬意。

张良诚试探地问:"国民党宪兵司令部的看守有资格追随共产党吗?"

面对张良诚的询问,黄励诚恳地回答:"共产党是不讲究资格的,你想找出路,那就走这条路吧。请相信,你的选择是正确的。"

黄励用一种鼓励的目光望着张良诚。

张良诚心领神会地转身走了。

张良诚从黄励的号间出来,苦思冥想了一个晚上。这个从未失眠过的年轻人,今晚却再也无法平静地入睡了。

他想了许多许多……。

这是他人生的分界点,如果按黄励指引的路往前迈一步,他就再也回不到从前了,而从前的一切在他的内心中虽说是黑暗无边,可毕竟是他的饭碗,现在他需要扔掉饭碗向光明迈进了,那就必须抛弃从前的黑暗。但迈向光明是存在风险的,这个风险可不是玩笑,弄不好脑袋就掉了,他已经看到许多年轻人为共产主义的信仰葬送了身家性命。

张良诚犹豫着徘徊着,似难以痛下决心。其实他不知道,当他为黄励传递第一张条子时,他迈向光明的华丽转身已经开始了。

看守所里有个叫黄海明的难友,他有一个一岁多的女儿曼曼,黄励经常抱着孩子玩、教孩子唱歌、给孩子讲故事,在别人看来,黄励十分喜欢这个小孩子,其实她是借曼曼传递消息。

黄励将事先写好的条子装在孩子的口袋或尿布里,待张良诚走过来逗曼曼时,黄励就悄声告诉他送"男号"某某人,于是张良诚就抱着曼曼到"男号"去巡逻了。

"男号"内立刻有人隔着铁窗抱曼曼,逗曼曼玩,顺便就从曼曼身上摸走条子,男号要回话时,将事先写好的条子塞进曼曼衣服内,然后示意张良诚送还给黄励等人。

从此以后,张良诚经常暗中给政治犯送消息、递条子、传信件,他甚至把某些人叛变的行为告诉黄励。

张良诚的信息太重要了,叛徒的出现往往构成对组织的严重破坏。

为了让党组织及时了解狱中情况,免遭更大的损失,黄励连续用了几个晚上,瞒着敌人写了一封长信,详细地把狱中叛徒的情况,向狱外党组织作了汇报。

信写完了,如何把信送出去,却成了黄励纠结在心的一个大问题。她反复考虑了一下,眼下送信的人只有张良诚,黄励没有其他的选择。

如果张良诚把信顺利送抵狱外党组织,黄励此次的行动就是成功的,如果中间出了差错,或者张良诚反戈一击,黄励的行动无疑就给组织酿成了大祸。

她犹豫着思考着,她想瞅准机会再跟张良诚谈谈,这信不是传递一张小条子,这信是向狱外党组织递交的重要报告。此事非同小可,非比寻常!

这天，张良诚恰好来了，他假借送报纸之际，向黄励传递了一个重要信息，一个受敌人诱骗产生动摇、想叛变自首的政治犯，在黄励革命精神的鼓舞下，突然醒悟，把写了一半的自首书撕毁了。

张良诚说罢，有点兴奋地说："想不到你的革命精神有这么重要的作用，您不光影响了我，还影响了准备当叛徒的人。"

黄励有点不相信地问："这是真的吗？"

张良诚说："是真的。连我这样的人都被你感染走上革命的道路了，更何况一个共产党了。"

黄励接着说："共产党是有铮铮铁骨的人，在这看守所里，你看得比我更清楚。当叛徒虽然保住了一时的性命，但下场是极其可悲的，也是可耻的。"

张良诚诚恳地说："自从我亲眼目睹了罗登贤怒打叛徒余飞的情景，我就从心里崇拜真正的共产党人了。可我这样一个身份的人，如果走进共产党的阵营，共产党不嫌弃我吗？"

黄励趁机说："革命不分先后，只要你有了觉悟，共产党的阵营随时欢迎你走进来。"

张良诚感慨道："人生的路我已经走了二十几年，现在总算是找对路子了。"

黄励在张良诚脸上看到了真诚和坚定，她趁此机会把写好的长信交给了张良诚。

黄励郑重地说："今天党要交给你一个重要的任务……"

"什么重要的任务？"未等黄励把话说完，张良诚迫不及待地问。

黄励将包好的信交给张良诚说："请你将这封信交给狱外党组织……"

张良诚从黄励的表情上感到此事特别重大，他接过黄励的信，准备转身离去时，黄励突然紧握住张良诚的手说："小张，事关重大，你要万分小心啊……"

张良诚从黄励的眼神中早已明白了这信非同寻常，他目光坚定地说:"黄姐,你放心,我一定不辜负你的信任。"

张良诚转身走了,他的脚步坚定而匆忙。

黄励望着他的身影,一颗心不由悬吊起来。

这信一旦出了差错,就会给党组织造成极大的损失。

黄励心里一直忐忑不安着,不时朝门外张望,直至张良诚回来。

这次任务,张良诚完成得很好。

这让黄励大松了一口气,更令她欣慰的是革命的阵营里又多了一个年轻人,而且是她从国民党阵营中争取过来的年轻人。

这也是黄励争分夺秒为党工作的最有力见证。

女告密者

在南京宪兵司令部,突然有一天陈赓被宣告出狱。

此事令狱中的难友们十分费解,有人知道陈赓救过蒋介石的命,蒋介石很可能以高官厚禄诱惑了他,如果真是这样,陈赓无疑是叛变了,还有人私下传陈赓已经在外边要和人结婚了。

云里雾里的消息令狱中难友一时难辩真相,放风时禁不住私下嘀咕着。

最后他们想出了一个权宜之计,让黄励去打听可靠的消息。

此时的黄励因不接受敌人的诱

惑，又在狱中不停地宣传马列主义，已被取消了自由之身，而被关进了女特号，她身边的眼睛多了，同室中有个叫胡小妹的女犯，她的丈夫已成为叛徒，她与黄励关在一个号间，实际上是安插在黄励身边的眼线，可黄励并不知情。

张良诚与黄励的接触再也不像以前那么从容了，他只能在女特号的洞门口朝里边张望，而黄励也只能在洞门口朝外边张望，如果恰好碰上张良诚此时在朝里面张望，黄励就算碰到了机会，于是她就趁这机会把难友们对陈赓的种种猜测告诉了张良诚，让他见到陈赓时将难友们的猜测传递给他。

张良诚铭记在心。

这天，张良诚出外办事，在夫子庙见到了刚出狱的陈赓，于是就把狱中难友们的种种猜测告诉他了。

陈赓听罢，神情突然严肃起来。

他对张良诚说："我十分挂念狱中的难友，也理解他们的心情，我出狱是党组织的营救，绝非我投降叛变了。"

张良诚接着问："那你怎么让同志们相信你没叛变呢？"

陈赓沉思片刻，为了打消同志们的疑虑，相信他没有叛变，于是就匆匆写了一张条子托张良诚带给黄励，同时还托他捎给黄励五块钱。

张良诚并未看条子上写的什么，他只是将陈赓写的条子和五块钱小心翼翼装好，回去瞅机会交给黄励。

机会终于来了，这天恰逢张良诚值班，他不时朝女特号的洞门口张望，期待着黄励出现在洞门口。

黄励在女特号里已经朝洞门口张望几遍了，因一直未望见张良诚，她的内心七上八下忐忑不安，她的焦虑不安被同号的女犯胡小妹发现了，于是她偷偷在一边观察黄励，一举一动均被她看在了眼里。

只顾盼着张良诚出现的黄励，怎么可能知道胡小妹在暗中窥探自己呢，如果说黄励太粗心大意了，倒不如说胡小妹贼心太狡猾了，让黄励防不胜防。

张良诚终于在黄励的视线中出现了,他看到了黄励,黄励也看到了他。

张良诚迅速将陈赓写好的条子由洞门口递给黄励。

黄励接过条子十分激动,匆匆将条子展开,只见上面写道:"我是不会叛变的,你们在狱中安心斗争。"

此时,黄励看到陈赓的字迹就像绝处逢生沐浴了春风,压抑很久的低落情绪一下子亢奋起来了,毫无设防的她,竟对同室的女犯胡小妹未有丝毫的遮掩和提防,她甚至晃着陈赓给的五块钱对胡小妹说:"回头用这钱让张看守为你肚子里的孩子买些营养品。"

黄励的不设防,恰恰具有叛徒心理的胡小妹提供可乘之机。

胡小妹怀孕临近分娩了,她想保释出去生孩子,可一直找不到立功赎罪的机会,眼下她总算抓到了一根救命稻草,岂能就此善罢甘休。

胡小妹思来想去夜不成寐,这时肚子里的孩子狠踹了她一脚,这一脚让她突然下定决心,出卖黄励以换取她和孩子的人身自由。

一只疯狗已张开血盆大口准备咬人,她的目标是张良诚和黄励。

总算等到放风的时候了,胡小妹左右望望,趁黄励不注意,偷偷跑到警务室,将张良诚帮助黄励传信递条子的事悉数汇报给了看守所长姚慕儒。

"报告所长,张良诚通共。"胡小妹肯定地说。

看守所长姚慕儒闻听此话,吓了一大跳,他的脸色刷地就变白了。

"什么什么? 张良诚通共? 是我耳朵不好使还是你说疯话呀?你再说一遍我听听。"

姚慕儒脸色铁青地看着胡小妹,他真希望她说的是疯话。

要知道,如果看守所的看守被共产党策反了,他这个所长的脸上就会抹黑,这叫玩忽职守,他会因此而被撤职或惹上更大的麻烦,眼下谁与共党沾边,谁就可能面临掉脑袋的危险,这可不是闹着玩的。

……想到这些,姚慕儒如临深渊,吓得脊梁骨直冒冷汗。

此刻,胡小妹并未明白看守所长姚慕儒的心思,她顺着自己的思路继续往下说。

"那天,我看见看守张良诚将一个条子从门洞里塞给了黄励,黄励立刻就打开看了,是陈赓写给她的,里面还夹了五块钱呢。"

姚慕儒的神情越发紧张了,他气急败坏地问:"那条子上都写的什么?"

胡小妹说:"让我想想啊……大约写的是'我不会叛变的,你们要坚持斗争'之类的话。"

胡小妹话音落地,姚慕儒恨不得上前打这女人两个耳光,这件事他如果听信了,而且事实确凿,就等于给自己找了一个大麻烦,他如果不信的话,这女人也会不依不饶,非要闹个水落石出不可。

真是夜猫子进宅,无事不来哟!

姚慕儒厌恶地扫了一眼胡小妹的大肚子,一切再明白不过了,虎毒不食子,她是想借出卖同志的跳板跳出监狱。如此看来,还是黄励那样的女人令人钦佩,而眼前这个胡小妹,如同一只摇尾乞怜的狗,既可怜又令人鄙视。

姚慕儒沉下脸,不情愿地应付说:"你先回去吧,这事我再调查。"

胡小妹感觉看守所长姚慕儒在搪塞自己,便急切地强调说:"我说的都是真的,没有半句假话。"

姚慕儒没理睬她,眼下他心里烦死了这个女人了,他希望她赶快出去,离自己越远越好。

见姚慕儒沉默不语,胡小妹接着威胁说:"看守所里有人通共,你身为所长知情不报,后果是不堪设想的。再说了,我想就此立功赎罪逃出监狱,你不能坏了我的好事。如果你隐瞒不报,我就直接报告上去。"

姚慕儒表情复杂地瞟了胡小妹一眼,愠怒地说:"你怎么知道我不汇报呢,我不光要汇报,还要抓这个狗日的张良诚呢,真是反了,在我的眼皮子底下通共,简直吃了豹子胆了。"

胡小妹这才放心地离开看守所长姚慕儒的办公室。

胡小妹走后,姚慕儒抓起电话听筒,气急败坏地对着话筒喊:"你马上到我这里来一趟。"

姚慕儒立刻把张良诚唤到自己的办公室,他要问个究竟,他真希望这一切都是假的,是个不小心的意外。

当张良诚出现在他面前时,姚慕儒突然又变卦了,他干嘛要把这事拎清楚呢? 他装不知道不是更好吗? 他下定决心先拖一拖,实在拖不下去了,再另当别论。

张良诚不知道看守所长为什么事情找自己,从他在电话里的吼声分析,看守所长是动了怒的,

当看守所长例行公事地问了他一些犯人的情况后,张良诚的心渐渐踏实起来。

最后,姚慕儒突然问:"你最近在外边见过什么人吗?"

张良诚猛地意识到了什么,他的脑海中迅速闪过陈赓的身影,估计是有人把这事捅给了上司,他想越是这样越不能心慌,慌乱往往出差错,于是他打定主意回答:"我能见什么人啊? 我一个看守,谁不知道我的身份啊。"

姚慕儒打量了张良诚一会儿,见他一副脸不变色心不跳的样子,便有意提醒道:"那个女政治犯黄励,你少跟她接触啊,更不能听信她的赤色宣传。"

张良诚急忙说:"所长,我知道。 我负责女特号,平时就多去了几趟,这不是怕出事嘛,所长。"

姚慕儒接着说:"你知道就好,小心有人暗地里坑你。 坑你事小,要是拔出萝卜带出泥,事情可就大了,看守所的看守被中共赤化策反了,那可就不是你一个人的罪过了,我这个所长还有宪兵司令谷正伦

都逃不脱干系。……眼下中共在国民党眼里是什么东西,这你懂的。"

张良诚忽然意识到了事态的严重性,急忙说:"我知道了所长,所长都是为了我好。"

姚慕儒走到张良诚的身边,用手轻拍着他的肩膀说:"从今天开始,你就不要往女特号跑了,你明白吗?"

张良诚勉强地点了点头。

姚慕儒以套近乎的方式进一步强调说:"我真舍不得让你出事啊! ……"

张良诚心里一阵发热,走出看守所长办公室的时候,他的脚步有些沉重,心跳在加速,莫非自己真有什么破绽被所长抓住了不成?

此时的姚慕儒,望着张良诚的背影无奈地长吁了一口气。

回到女特号的胡小妹,情绪难以平静,想到不久的将来她就会出狱获得自由,禁不住哼起歌来。

胡小妹情绪的反常让黄励疑虑重重,但她又不敢确定自己的猜想是真。在这地狱般的看守所,偶有共产主义的信徒会背叛自己的主义,而他供出的同志随之会遭受魔鬼般的折磨,除非你长一副铮铮铁骨,且这铁骨经得起任何刑具的折磨和摧残。

帅孟奇大姐就是一个活生生的例子,同时也是共产党人的好榜样,每逢帅大姐拖着一条残腿出来放风时,黄励就想到老虎凳对她的折磨和摧残,还有可怕的辣椒水,它让帅大姐的一只眼睛几近失明。

眼下,虽然帅孟奇大姐已被转移到别的监狱中去了,但她不屈不挠的精神仍影响激励着黄励。

忠诚是共产党员的座右铭,多少共产党员为守候内心的忠诚而为党献出了生命,让那些苟延残喘的叛徒在忠诚的共产党人面前发抖吧。

黄励在心中宽慰着自己,同时她也在观察胡小妹的反常情绪,她害怕自己的猜想成真。

策反案

人们通常认为最危险的地方也是最安全的地方,因此越是危险的地方越容易发生出人意料的危险之事。

南京宪兵司令部看守所策反案令上下震惊,所有的目光都对准了张良诚和黄励。

黄励在宪兵司令部的看守所里策反成功,这既让国民党尽失颜面,又让国民党恼羞成怒,同时又不得不佩服共产党的无孔不入。国民党太缺少这样的人才了,更让国民党威风扫地丢尽面子的是,对黄励百般折磨又百般诱惑,她都无动于衷，而且还把这里的看守张良诚策反了。

本来，国民党当局对黄励是有所期待的，可时间告诉他们，这是个软硬不吃的女共产党，连骨头都是红的！

国民党不得不万分感慨，共产党人对共产主义事业的坚定向往和对党组织的忠诚不二，实在令他们既羡慕又恐惧，尽管这个党中也接二连三出现叛徒，但对这个组织忠诚不二的共产党员却是一副铮铮铁骨，他们不怕铁窗镣铐，不怕酷刑折磨，更不怕牺牲生命面对死亡。

按着看守所长姚慕儒的心思，他不想把策反案抖落出来，只想把张良诚悄悄调离岗位，神不知鬼不觉，这样做上下都有面子，他也不会被上司骂个狗血喷头甚至丢掉饭碗。

可胡小妹不依不饶，这个女叛徒知道一旦大事化小小事化无，她立功的机会就没有了，丧失了立功的机会也就意味着失去自由，她出不了监狱很可能还会遭到暗算，因此她一定要闹下去，直闹个天翻地覆水落石出，她要亲眼看见把张良诚抓起来。张良诚一日不抓，她就得在狱中苦挨一日，而她肚子里的宝宝马上就要出生了，生命的诞生是耗不起时间的。

胡小妹每到放风的时候就到看守所长姚慕儒的办公室去闹，当然这一切都是秘密的，张良诚不知道，黄励更不知道。

黄励对胡小妹多有照顾，因为她快生产了，一个挺着大肚子的孕妇每天要蹲在监狱里受罪，每个女人的母性都会被唤醒的。况且在海参崴工作期间，黄励也曾怀孕，因为怕拖累工作，她和爱人杨放之商量，最终去医院把孩子流掉了，使她丧失了一次做母亲的机会，以后也许再不可能有这样的机会了。

工作在黄励眼里从来都是第一位的，她是党的人，党性第一。

黄励每天把自己的伙食节省出一点分给胡小妹，孩子需要营养。同时她又把自己的旧衣服改成孩子穿的小衣服。

胡小妹不敢正视黄励的照顾和关心，她内心有鬼。这个鬼让她出卖了张良诚。

张良诚自从被胡小妹揭发,在看守所已经被监视起来了。他几乎没有机会再来女特号,见不到"红色信使"的黄励忧心如焚,她开始怀疑胡小妹,分析她数天来可疑的行迹。

于是,她找机会跟胡小妹搭讪起来。

黄励说:"你哪天生产啊? 我还有几件旧衣服,想动手改制一下,为你的孩子缝几件小衣服。可惜的是,这里也没有针线,我想展示自己的手艺都难。"

胡小妹脱口而出道:"那你找张良诚啊,让他帮你代买。"

黄励故意说:"他是看守,不能什么事情都麻烦人家。"

胡小妹抢白说:"以前你不是什么事情都找他代办吗? 再说,买针线这点小事算什么呀,他连陈赓的条子都敢捎给你,还有什么不敢做的呢?"

"胡小妹,你是不是把这事汇报给看守所长了?"黄励突然厉声喝道。

"事实俱在,还用得着我汇报嘛。"胡小妹不以为然地瞟了黄励一眼。

黄励气得一把揪住了胡小妹的衣服领子,她的眼睛几乎都瞪出来了,怒声骂道:"那你就是叛徒,贪生怕死的可怜虫,你知道吗?"

胡小妹使劲挣脱开黄励的手嚷道:"你想干什么? 你伤到我肚子里的孩子了。"

黄励放开胡小妹,喘着粗气说:"如果不是怕伤到你肚子里的孩子,我今天就要问个究竟,倘若你真出卖了张看守,我非揍扁你不可!"

胡小妹一脸怒色地望着黄励说:"该来的总会到来,谁也没有力量将其拦住……还是想想自己的生路吧,什么时候从这里出去呢?"

黄励从胡小妹的言语判断她很可能出卖了张良诚,这证明她从前的猜测是对的。 此时,黄励很想把这信息传递给张良诚,可她似乎很难再见到他的影子了。

胡小妹对张良诚之事的纠缠,让看守所长姚慕儒感到此事再拖就说不清了,胡小妹没完没了的告状提醒他此事想躲是躲不过去的,但凭心而论,他真舍不得张良诚,这个人既勤奋又机灵,怎么就被女共党黄励策反了呢? 这么机灵的一个人,偏偏又疏忽大意了一次,被想当叛徒的胡小妹抓了个正着,如果他隐瞒不报,他这个所长就会被处分,如果他报了,张良诚的命运就会从人间滑向地狱。

姚慕儒想跟张良诚深谈一次,但思来想去还是怕引火烧身,最终他只好让看守们先查了张良诚。

这是 6 月中旬的一天,天热得出奇,知了在树上鸣叫,叫得人心烦意乱。

犯人们正在看守所的院子里放风,黄励紧张地东张西望,她在寻找看守张良诚。

忽然,张良诚提着自己的一只旧箱子和一些零碎的东西从房间里走了出来,他将东西往地上一扔,对看守们嚷:"你们查罢。"

张良诚说话的声音很大,好像有意要让放风的犯人听到一样,尤其要让黄励听到。

监狱的看守果然被张良诚的举动惊呆了,他们彼此望望,不知怎么应付这意外的场面,但他们很快就在上司的指挥下例行公事了。

黄励第一个反应就是张良诚被人出卖了。

莫非叛徒真的是胡小妹?

黄励的内心七上八下、忐忑不安,她很怕自己的猜测成真。

这时,她无意间瞟了一眼胡小妹,胡小妹正倚在墙角晒太阳,她的神情那么淡定,仿佛眼前发生的一切是必然的,不必大惊小怪。

黄励什么都明白了,她的目光里充满了厌恶和愤怒。

放风结束后,回到女特号,黄励单独面对胡小妹的时候,两只大眼睛狠狠盯着她的脸,黄励在用自己犀利的目光抽打叛徒。

胡小妹浑身颤抖,她似听见黄励的眼睛骂道:"你这个可耻的叛徒!"

胡小妹吓得急忙转过脸去。

黄励一把揪住了她的肩膀说:"请你看着我的眼睛,我的眼睛里有刀,能杀死出卖张良诚的叛徒。"

胡小妹吓得哭了起来,她抚摸着高挺的肚子,边哭边说:"我也没有办法,我要生孩子了,我不能让孩子也没有生路吧?"

黄励扫了一眼胡小妹的大肚子,不得不放开了她说:"如果不是看在你肚子里的孩子身上,今天我要撕碎了你!"

胡小妹蜷在墙角,吓得哇哇大哭起来,她的哭声传得很远,惊动了看守所。

军法处很快传唤了黄励。

此时,难友们的心高度紧张起来,为黄励和张良诚捏着一把汗。

黄励任何时候都会死不招供,这是她一贯的作风,也是一个共产党员的节操,用不着任何人担心。

黄励回来后,难友们才知道了事情的真相。

因胡小妹告密有功,宪兵司令部很快就把她释放了,而张良诚则被捕了。

胡小妹出狱那天,黄励冷眼打量了她很久,她真想打这个女叛徒几耳光,可胡小妹的大肚子让她不忍下手。

黄励冷言冷语地讥讽道:"从狗洞子里爬出去的叛徒,是没有脊梁骨的。 靠出卖别人获取自由,跟走狗没什么两样。"

胡小妹不敢正视黄励,她低头走到门口,又停住脚步转身看了黄励一眼,想说什么却没有勇气,但她仍不甘心,还是把想说的话说了出来。

胡小妹说:"我是因为要做母亲了才这么做的,我不为自己着想也要为肚子里的孩子着想吧。 你是女人,应该理解我。"说罢悻悻地走出监狱。

胡小妹说这话本是想求得黄励的原谅,可黄励再也没有注视她一眼,在黄励眼里,叛徒就是一条摇尾乞怜的狗,叛徒的话也就是狗放屁。

令黄励内心不安的是,看守班长张良诚从此沦为阶下囚,永远失去了"红色信使"的身份,她与外界的联系也就被迫中断了。从此,张良诚与黄励等政治犯在一个看守所里共度地狱般的岁月。

而等待张良诚的,是未可预料的判决。

张良诚对此事的预测是乐观的,他甚至没把这事往深里想。

放风时,他悄声对黄励说:"事情发生后我本可以逃走,但我不愿意牵累别人……我不怕坐牢。这一个罪死不了,至多关个三年五年,坐几年牢反倒可以好好地学习思考,我还年轻,正需要学习和思考。"

黄励不知说什么才好,只是不停地摇头叹息。此事不可预料,她已心情沉重,更为张良诚惋惜。

此时的张良诚不知道,策反案已惊动了宪兵司令部,司令谷正伦羞恼成怒,大发雷霆,此事如果不妥善处理,将使更多的人走向共产党的阵营。

谷正伦显然已经将此事上升到了政治高度。他深知"攘外必先安内"则意味着彻底剿灭中共,令人可笑的是共产党居然在他的眼皮底下策反成功了。

简直岂有此理!荒唐荒唐,甚为荒唐!

这不是用巴掌打他的脸又是什么呢?此事如果不从严处置,他就无法跟上峰交待,届时头顶的乌纱能不能戴住真说不准了。

谷正伦为此坐卧不宁。

自1927年蒋介石在上海发动四一二反革命政变,从4月中旬到9月上旬这六个月中,据估计,有五千多名左派人士、共产党人、国民党左派成员以及其他各种各样的人死于恐怖政策之下。

纵观1933年国内形势,中共党组织已很难在白色恐怖的上海立足。

1月7日,中共临时中央由上海迁至江西瑞金。

1月17日,中共发表宣言:停止内战一致抗日。

2月17日，日军向热河发起进攻。
2月21日，工农红军粉碎国民党第四次"围剿"。
3月4日，日军攻占承德，3月7日，热河失守。
4月4日，国民党军队在中央革命根据地边沿修筑碉堡。
5月1日，国民党部署第五次对苏区的"围剿"。
5月6日，南京国民政府谋求与日在华北停战。
5月8日，蒋介石发表"攘外必先安内"的演讲。
5月28日，汪精卫与蒋介石联名通电，"救国必先剿共"。
……

张良诚就是在这节骨眼上被狱中的女政治犯共产党员黄励策反了，这对南京宪兵司令部来说，简直荒唐透顶，纵便蒋介石不怪罪他谷正伦，他也会尽失颜面自己打自己的耳光了。

张良诚显然把事情看得过于简单了，他涉世不深，对国民党仍心存幻想。

而黄励和狱中难友却有不祥之感，他们被更严厉地看管，最重要的是狱中的信息再难与外面沟通了。

策反案很快经过司法程序，由江苏省高等法院第三分院的李华龙法官审理。

李华龙接到案子就感到十分棘手。张良诚案说大就大，说小就小，往大了说是策反案，往小了说不过是帮狱中政治犯递了张字条而已，没有严重到兴师问罪的程度。

军法处主任贺伟峰跟李华龙的看法却不一致，他为此还特地跟李华龙打了招呼，让他知道此案不可小视，已惹得宪兵司令谷正伦大为光火了。

于是，李华龙也就明白了案子的严重性，他将自己关在办公室认真查看法律条款，根据法律条款初步拟定了六个月的刑期，他感觉六个月的刑期已经不短了，于是将此呈送军法处贺伟峰主任。

军法处主任贺伟峰阅后批示："判得太轻，宪兵司令谷正伦不会答应,建议将判决书驳回重拟。"

李华龙看了批阅很懊恼,但又不得不执行,只好根据法条的最高刑期拟定为一年零六个月。又加了一年刑期,这回应该可以通过了。

他再次呈报军法处后,贺主任阅后仍忧心重重,感觉还是拟得太轻了,怕是谷正伦司令不会答应。

判决书再次被驳回后,李华龙觉得自己很没面子,他甚至怀疑自己的业务能力和水平,于是一下子将刑期拟定为五年。他想这回无论如何也够分量了。

他兴致勃勃地呈报给贺伟峰说:"五年刑期,我觉得判得够重,如果再被驳回,我真不知道应该怎么判决了。"

军法处主任贺伟峰阅后跟李华伦说:"我与你的想法不谋而合,五年的刑期应该差不多。"

贺伟峰当即就将处理结果亲自呈送给谷正伦过目。

宪兵司令谷正伦①在南京政府中最显著的"政绩"就是替国民党编练宪兵。1927年,"宁汉合流"后,谷正伦把北伐时期的宪兵营扩编为宪兵第一团,把他原来任师长时的一个基干团改编为宪兵第二团,又把原武汉宪兵团改为宪兵第三团,另外还成立了交通宪兵第二团。1929年,谷正伦以南京卫戍司令部的名义,设立了宪兵教练所,自兼所长。次年,他又向蒋介石提出成立宪兵司令部,充实宪兵教练所,扩建宪兵部队的建议,蒋介石很快批准了他的方案。1931年,宪兵司令部正式成立,蒋介石派谷正伦兼任宪兵司令。宪兵司令部下设总务、军需、警务、军医、军械、政训六个处。

这个时期的谷正伦可谓大权在握、威风八方,而且他"见匪就杀,除恶务尽"。

---

① 谷正伦是贵州省安顺县城大箭道人,生于1890年;谷氏为黔中望族,是当地有名的大地主。其父谷用迁是前清举人,谷正伦既非蒋介石的"门生""故吏",也不是蒋介石的同乡、好友。但是,他却受到蒋介石的重用,不仅担任南京宪兵司令长达十年之久,而且还曾先后任过甘肃省和贵州省主席,做过蒋家王朝的"封疆大吏"。

贺伟峰在给司令谷正伦呈送张良诚的判决书时，准备为张良诚开脱罪责，这个看守班长平时的表现真是太好了，偶尔为狱中共党传递字条，构不成如此重罪，年轻人被共党蛊惑很正常，判他五年重罪，也算让他吃一堑长一智了。

贺伟峰本以为张良诚的五年刑期能顺利通过批准，当他见到宪兵司令谷正伦，将判决书呈上，且为张良诚开脱罪责时，想不到谷正伦竟大发雷霆，拍桌子瞪眼睛大骂了贺伟峰一顿："你他妈混账，宪兵司令部里竟然出了为共产党办事的看守，这让上峰查下来就是掉脑袋的死罪。 这案子如果不严判谁都过不了关，为了杀一儆百……"

谷正伦提起大笔一挥，判决书上立刻呈现"枪决"两字。

贺伟峰大吃一惊，这意味着张良诚就要被送上断头台了，他惊得半晌说不出话来，等他缓过神来时，便急忙在一旁解释看守班长张良诚平时表现如何如何好，请求谷正伦枪下留情。

谷正伦无奈地说："我也不想要他的命，说句实话，判他死罪是太重了一点，可我不这样判，上峰那里能交待得过去吗？"

谷正伦虽也意识到张良诚不该判死罪，但为了应付蒋介石的盘查，只好将错就错了。

于是，军法处长贺伟峰绝望地离开了谷正伦的办公室。

谷正伦自知理亏，将已走到门口的贺伟峰又叫回来说："张良诚被处决后，送一口棺木给他吧。"

贺伟峰没吭声，他感到自己的眼睛发热发烫，一个为国民党卖命多年的年轻看守，生命不过是谷正伦赏赐的一口棺材而已。 他心冷如冰，而且无论如何也想不通……这时，他对张良诚的悲悯又转化成了对共产党人黄励的痛恨，是她的蛊惑煽动使国民党营垒中的人出现分化，让年轻的张良诚命赴黄泉。 她是这场悲剧的导演和策划者，她才应该被立即处决，以除祸患。

策反案使南京宪兵司令部惊恐不安，人心浮动。

在看守所里的大批革命者不仅没有"转变"和投降，反倒意志更坚定了，而且还分化瓦解了国民党阵营的人，如张良诚竟与共产党人走到了一起。

这让宪兵司令部尴尬万分又岌岌可危，特别是谷正伦，感到共产党在宪兵司令部的看守所里策反，简直就是"太岁头上动土"，反了天了。如果不尽快除掉黄励，劝降狱中共产党的工作就难以奏效。届时，他在蒋总司令面前就太没面子了。

于是，谷正伦令手下呈文给国民党中央党部，要求迅速处决女政治犯黄励，国民党中央党部立即给予了批示。

红骨埋在雨花台

死神正在逼近黄励,它以刻不容缓的疾速脚步向黄励猛扑过来,让她难以抵挡。

黄励似听到了死神的脚步声,但她丝毫没有办法阻止它的到来。

此时此刻,监狱里共产党员的生死簿就攥在国民党的手里,黄励如果选择生路,她只需向国民党递交一份悔过书,再把其他同志的秘密出卖,她生命的日子就会延长下去,可她偏偏是一根筋地跟定了共产党,"砍头不要紧,只要主义真"。

这样一个连骨头都被共产党熏红了的女共党,"攘外必先安内"的国民党岂能让她活下去，更何况她在狱中仍坚持共产主义的理想信念，并对看守张良诚策反成功，这种死心塌地的女共产党只有送到雨花台了。

黄励的心很乱，自张良诚被胡小妹出卖，她就难有机会与狱外的党组织取得联系了，而眼下，无论是南京还是上海，"攘外必先安内"已形成一种势不可挡的政治风暴，中共中央临时委员会从上海迁往江西就是这种政治风暴的使然，但即便如此，蒋介石仍加大力度对中共进行"围剿"，5月1日，国民党部署第五次对苏区的"围剿"。

黄励正赶在国民党屠杀共产党的急风骤雨中，沾着鲜血的屠刀岂会在她的头上悬而不决？她已经听见子弹推上膛的声音了，那颗准备射向自己心中的子弹并未让她颤抖害怕。为了共产主义的理想信念而死，抛头颅洒热血都在所不惜。因此，黄励内心的波涛绝不摆在脸上，相反她却表现了一个共产党人面对生死的从容镇定。

号房里，有个叫曼曼的小姑娘，是烈士的遗孤。

放风时，黄励总喜欢抱着曼曼，在小院里边走边唱，显得乐观而又镇定。

她在用法语唱《国际歌》。

曼曼好奇地望着黄励，不知她在唱什么。

"黄阿姨，你唱的是什么歌呀？真好听。"曼曼问。

黄励停下脚步大声说："阿姨在用法语唱《国际歌》呢，'英特纳雄耐尔'就一定要实现。你想唱吗？阿姨教你好不好？"

"什么是英特纳雄耐尔呀？"曼曼又问。

黄励告诉曼曼："就是国际主义的意思。"

"那共产主义是什么呀？"曼曼好奇地继续问。

黄励郑重地说："共产主义社会是人类的理想社会，到了那时候，人人有饭吃人人有衣穿，人与人之间是平等的，没有剥削和压迫。"

黄励说话的声音很大，她是故意提高自己说话的音量的，引得难友们纷纷走过来，询问黄励的情况。

黄励神情淡定地微笑说:"快了,快到雨花台跟先烈们会师了!"

难友钱瑛①是刚刚被抓进来的,最近上海特务猖獗,钱瑛刚到江苏省妇女部工作就被捕了。

钱瑛知道黄励的生命就要被国民党剥夺了,便悄声问:"黄励同志,你还有要交待的事情吗? 我设法帮你转达吧。"

黄励面带微笑地想了想说:"容我考虑一下吧。"

尽管面临死亡了,但如何把狱中的新情况传递出去,仍是黄励眼

----

① 钱瑛:1903年5月生,祖籍湖北咸宁。曾用名彭友姑、陈萍。1927年3月加入中国共产主义青年团,1927年4月转为中国共产党党员。1927年参加革命工作。1923年入湖北省女子师范学校就读。1925年参加五卅运动。1927年7月起任江西省九江市总工会组织干事,后任中共广东省委宣传部干事。1928年在上海任全国总工会秘书兼交通。1929年赴苏联,入莫斯科东方劳动者共产主义大学及列宁学校学习。1931年回国后被派往湘鄂西革命根据地,参加洪湖根据地和潜江县委的领导工作,建立一支红军游击队。任中共湘鄂西分局职工工作委员会委员兼总工会常委、秘书长。后任中共潜江县委组织部部长。1931年11月至1932年2月任中共潜江县委书记。1932年9月,红三军主力撤离洪湖区,她化装突围至上海,任中共江苏省委秘书。由于叛徒的出卖,被捕入狱,并在狱中参加和领导了群众斗争。1933年初任中共江苏省委妇秘书长。抗日战争爆发后在党的交涉下获释出狱,至1937年12月任中共湖北省工委委员、湖北省农民运动委员会主任。1937年12月至1938年5月任中共湖北临时省委委员。1938年6月起任中共湖北省委委员。曾任中共湖北省委代书记。武汉沦陷后,1939年2月至3月任鄂中区党委书记,3月起任湘鄂西区党委书记。后一直在国民党统治区从事党的地下工作。1940年10月起任中共中央南方局驻川西、川康特委代表。1941年1月至1942年春任南方局西南工作委员会书记。1942年4月起任南方局党务研究室主任兼管地下党工作。1943年入延安中共中央党校学习,其间任临时党支部复审委员会书记。1945年冬起任中共中央重庆局、南方局组织部负责人。1947年1月起任中共中央上海分局(后为中央局)委员。建国后,长期在党和国家的检察和监察机关担任领导工作,坚决同违法乱纪行为和不良倾向作坚强的斗争。1949年5月起任中共中央华中局(后为中南局)委员、常委(1951年11月起),组织部第一副部长、部长,妇女工作委员会书记,纪律检查委员会副书记,中南军政委员会委员、人事部部长,中南妇联主任。1952年11月起任中共中央妇女工作委员会委员。1952年11月至1954年9月任政务院人民监察委员会副主任、党组副书记。1953年至1955年3月任中共中央纪律检查委员会委员、副书记。1954年9月至1959年4月任监察部部长、党组书记。1955年4月至"文化大革命"初期任中共中央监察委员会副书记。1959年4月至1960年11月任内务部部长、党组书记。1964年11月至1965年4月任中共贵州省委第二书记。1965年1月当选为第三届全国人大常委会委员。"文化大革命"中受迫害。1978年3月得到平反昭雪。中共第八届中央委员,1955年3月中共全国代表会议当选为中央监察委员会委员、副书记,中共八届一中全会当选为中央监察委员会委员、副书记,第八届中央政治局第三次会议批准为中央监察委员会常委。1973年7月26日在北京病逝。

下最费思量的事情了。可谓生命不息,战斗不止。前几天,她还将一张条子交给一位难友,托他转给陈赓,告诉他狱中最新的消息。眼下,南京宪兵司令部不断有被捕的共产党人被送至这里,又不断有被囚的共产党人被拉出去枪毙。她要随时让狱外党组织了解狱中情况。

1933年7月4日傍晚,天气闷热,远处若隐若现的雷声和压低的云层让南京宪兵司令部看守所越发阴森恐怖。

黄励透过女特号的洞口朝外面张望,她望见看守所长姚慕儒走了过来。

姚慕儒站在洞外,脸上一副兴灾乐祸的表情,他打量着黄励,叹息了一声说:"你过去是互济会主任,专门营救别人,现在你被捕了,怎么没人营救你呀?共产党过河拆桥、卸磨杀驴,你至今还为共产党卖命,死到临头都执迷不悟。"

黄励冷冷笑道:"营救不营救都无妨,我是共产党的人,为党而生也为党而死,我把一切都交给党了。只是你们这些国民党特务太残忍了,你们所干的勾当,令人发指,一定会被后人唾弃的。"

看守所长姚慕儒阴笑着说:"共产党觉得你没有用了,把你抛弃了。你就等着去雨花台见那些阴魂吧。"

这是一个重要的信号,看守所长姚慕儒的一番话,让黄励知道死神已经站在身边拉扯自己了。

姚慕儒走后,天上的雷声使出了最大的动静,一个惊雷在女特号的洞口炸响,随后铺天盖地的暴雨倾盆而下,雨点像是裹挟着一股愤怒的力量噼噼啪啪摔在地上,天公真的哭了吗?天公为一个年轻的忠诚的只因为信仰了共产主义便要被杀头的女共产党员而鸣不平啊。

钱瑛和夏之栩等难友知道留给黄励的时间不多了,她们为黄励准备了一套就义时穿的干净衣服。两人把衣服拿出来,想让黄励试穿一下,又觉得这会让黄励情绪激动。

钱瑛掂着衣服对夏之栩说:"要不就先不用试了,反正衣服是洗干净的,免得她心里难过。"

夏之栩点头说:"也好。"

她们两人的嘀咕恰被黄励看到了,黄励奔过来说:"是为我准备的衣服吗? 真是谢谢两位难友了。 在我们老家,上路的人都是要穿干净体面的衣服的。"

黄励的平静反倒让钱瑛和夏之栩难过起来,两人眼圈一红,禁不住哭了。

黄励用手搂住两个人的肩膀说:"革命者面对敌人的屠刀是不能眨动眼睛的,哭就更不应该了。"说着往墙角看了一眼,悄声道:"曼曼正在睡觉,别吵醒了她啊。"

黄励笑笑,转身离开了。

钱瑛和夏之栩望着她的背影,感觉她的肩膀在起伏,她们猜到黄励在心里哭泣,她的眼泪流在了别人看不见的地方。

黄励上路的时间就在眼前了,晚上难友们想尽办法凑了点钱,买了点东西,围坐成一圈,和黄励一起吃饭。

钱瑛将白开水倒在碗里,端起碗递给黄励说:"没有白酒,咱就用白开水当酒吧。"

黄励接过碗笑道:"好,这是壮行酒,难友们都把碗端起来吧。"

夏之栩和钱瑛相互望望,谁也没有胃口,她们知道等待黄励的是什么。

黄励心里十分明白难友们的意思,面对即将来临的死亡,谁的心里都不是滋味,但她还是从容地端起碗里的白开水,淡定地说:"同志们,不要难过,作为一个共产党员,把生命献给无产阶级的解放事业,死得光荣啊! 只要我一息尚存,我就一定和国民党反动派斗争,直到生命的最后一秒钟。"

黄励的一番话,让现场所有的难友都哭了,毕竟是生离死别呀,黄励越是从容淡定,她们心里越是难过。

曼曼看着现场的一切,莫名其妙地问:"阿姨怎么都哭了? 黄阿姨要到哪里去呀?"

黄励急忙岔开话题说:"曼曼,你不是喜欢听《国际歌》吗? 阿姨用法语给你唱《国际歌》好不好呀? 你还想听吗?"

曼曼说:"好,我想听。"

黄励用平静的目光望着难友们说:"那我们一起唱《国际歌》好不好?"

"好。"难友们齐声说。

黄励清了清嗓子,开了个头,难友们跟她一齐唱起来。

"起来,饥寒交迫的奴隶,起来,全世界受苦的人,满腔的热血已经沸腾,要为真理而斗争,旧世界打个落花流水,奴隶们起来起来,不要说我们一无所有,我们要做天下的主人,这是最后的斗争,团结起来到明天,英特纳雄耐尔就一定要实现……"

歌声越传越远,越来越嘹亮,以致所有看守所里的政治犯都跟着唱了起来。

看守所长姚慕儒听到《国际歌》由远及近地传来,而且越唱越响,他先是下意识地跳了起来,他在看守所的院子里与几个看守吼叫了几声,破口骂道:"你们这些共产党真是死到临头了,还有心思唱歌?"

《国际歌》声照样响彻云霄,没有哪个政治犯在意他的咆哮吼叫。

姚慕儒自感无趣,挥了挥手,与几个守丁悻悻地散去了。

今晚看守所长姚慕儒竟没有继续制止这些政治犯的行为,政治犯们的疯狂让他既恨又无奈。他内心十分不解这些政治犯对共产主义理想的坚定追求,为了这个红色的信念,他们的骨头都成了红色,甚至不惜牺牲个人生命。意志如此坚定的一群人,实在令他惊讶和恐怖,难怪蒋介石发出"攘外必先安内"的号召,共产党人的意志让国民党后患无穷啊……好在明晨就处决女政治犯黄励了,今晚就让她在死亡之前作最后的狂欢吧。

女特号的政治犯直唱到后半夜,才消停下来。

这天晚上,当雷声隐去、雨声停止、难友们都入睡的时候,沉沉的夜已经迈向最深处。

黄励仍没有睡意,听着难友们的酣声,她想起了爱人杨放之,不知他现在关押在哪里,是否被敌人折磨得体无完肤? 自从自己被押到宪兵司令部,她心里就时常想念起爱人杨放之,今晚这种思念更甚了,她知道自己今生或许再也见不到他了,她的眼前掠过一幕又一幕与爱人杨放之生活在一起的情景。

在赴莫斯科的货轮上,他们一起朗诵高尔基的《海燕》。

在莫斯科中山大学,他们一起同王明左倾机会主义作斗争,双双被排挤。 邓中夏为了保护他们,将他们夫妇二人调到海参崴工作。那是1928年底,在海参崴召开太平洋职工会议,在这个会议上决定成立太平洋职工秘书处,黄励是指定参加的,后来成为交通联络点,成为赤色职工国际的分支机构,出版《太平洋工人》月刊杂志,杨放之担任主编,黄励任编辑。 在那里,他们度过了比较平静的时光,但他们内心并不向往和甘于生活的平静。

一天,黄励和杨放之在海边散步,看到苏联在斯大林的领导下,一片生机勃勃的景象,黄励忽然想念起祖国,特别想回国参加战斗,于是与爱人商量申请回国。

黄励的申请很快得到上级组织的批准,经组织上安排,……他们终于回到了上海。

……

走上革命道路以后,杨放之可说是黄励的挚爱,他们风里来雨里去,为了工作聚少离多,把爱情的唯一结晶也打掉了……如今黄励再也没有什么可以留给爱人杨放之的了。 想到这些,她的内心生出一种比较复杂的情绪,从人性的角度看,那是一种利己的忏悔。 可当人性遇到革命需要时,党性原刚是不允许人性利己的忏悔的,共产党员就是要毫不利己专门利人。

黄励又想起了自己的母亲,这个给了她生命又含辛茹苦把她抚养大的女人,她今生是再也报答不了她了。

她的眼前掠过一幕又一幕母亲和姐姐劳作的情景,为了供她读书，她们真是吃尽了苦头啊。

还有供她上中华大学读书的舅舅。

……

黄励不禁悲从中来……但她很快就想明白了，为革命慷慨赴死，死得其所。

她拿起笔，在狱中的墙壁上写下一行诗："雨花台，雨花台，红骨都在那里埋。"

写罢，黄励扔下笔，侧身睡去了。

天刚蒙蒙亮，忽然传来看守的叫声，他们在传呼黄励，叫声又大又响，惊醒了狱中许多难友。

这是1933年7月5日清晨，被惊醒的钱瑛推了推刚刚走进梦境的黄励："黄励你醒醒，他们在叫你了。"

黄励此时正在梦中跟母亲说话，母亲年纪大了，满头白发在风中飘，脸上的皱纹像刀子雕刻的一样清晰可见，母亲拉着她的手说："你都多少年没回来了，今天妈妈总算看到你了，外面兵荒马乱的，你能活着回来妈妈真是高兴呀！"

母亲说着突然哭起来，边哭边扯着衣襟擦眼泪。

母亲说："好不容易回家你就别走了，妈妈老了，需要人照料……你答应我好吗？"

母亲用力拉住了黄励的手。

黄励感到母亲的手是那么温暖，她的手被母亲粗糙的手使劲攥着，从小到大，母亲就是用这样粗糙的手给别人洗衣服、做花炮、干杂活供她上学……可她对母亲没有尽到孝心，她真是愧对母亲啊。

黄励想说："妈妈，这回我再也不走了。"可她说不出口，她不能骗母亲，跟母亲说谎就是罪人啊。

母亲见女儿不吭声，又唠叨说："当初要是知道你读了大学就不能回家了，就不让你舅舅供你了……你这回再走，妈怕是一辈子也见不到你了吧？"

黄励刚要开口安慰母亲,却被钱瑛的喊声惊醒了。

黄励不情愿地睁开眼睛,思维还沉浸在梦境中,心想怎么也应该让我跟母亲说句话吧?……

钱瑛推推黄励说:"看守来叫你了。你起来换换衣服吧。"

黄励忽然清醒了,她知道死神来迎接她了,这下她真要跟母亲和这个世界彻底告别了。于是,她慢腾腾地起身,开始认真地清理自己。

这时,难友们也都起来了,钱瑛和夏之栩帮她换上干净的衣服,理好她蓬乱的头发,都忍不住哭了起来。

黄励深情地看了难友们一眼,一副视死如归的平静表情,她越是这样,难友们心里越是难过。

黄励的眼睛里也溢满了泪水,但她强忍着没让眼泪流下来,毕竟是生离死别,今生离去,何日再有来生?但她强忍着没让眼泪流下来,她在大家眼里一直是快乐的热情向上的,纵便有眼泪也要流到心里,而不能影响难友们的情绪,在革命斗争的生涯中,沮丧是最要不得的情绪,它会影响坚定的意志,让理想和信念崩溃。

于是,黄励平静地说:"同志们,我们一定会胜利的!不要为我难过,保重身体,将来好好为党工作。"

钱瑛的眼睛已经哭红了,她将黄励的一缕头发掠到耳后问:"你想想,还有什么需要我帮助转达的?倘若日后我能出去,一定帮你办到。"

黄励猛然从自己头发上剪下一缕青丝,用小毛巾包好,对钱瑛说:"我的丈夫杨放之现在还在狱中受折磨,如果你们有幸能活着出去,请把这包东西转给他,我今生不能再与他并肩作战了,就让我的头发留作纪念吧。"

难友们又不约而同地哭起来。

黄励长叹一声道:"刚才做梦梦见我老母亲了,今生没有报答生养我的老母亲,实在是遗憾呀!我一生有两个母亲,一个是我的生母,她给了我肉体的生命,一个是共产党,她再造了我的灵魂,给了我崇高的政治生命,使我相信共产主义一定会在全人类实现。 今天我为我的政治信仰而赴死,死而无憾,生养我的老母亲会为她的女儿感到骄傲的。"

黄励在说这些话的时候,一位女看守正在用钥匙打开牢狱的门,她显然听见了黄励的话,她拿着钥匙的手不停地颤抖,也许是女共党黄励的大义凛然让她内心胆怯吧,牢狱的大锁就像是被传递了什么信号,女看守手中的钥匙无论如何也不听使唤,纵使她使足了力气,大锁就像一个沉默的护卫坚守着最后的防线。

"今天是怎么搞的,这钥匙好像不听使唤了,门怎么也打不开。"女看守求助地跟身后的男看守说。

男看守走上前,接过钥匙,费了好半天的劲才把狱门打开了。

黄励整整衣服,从容地步出牢房,就像去赴一场盛宴。

难友们都痛哭起来,纷纷高喊:"黄大姐!"

黄励边走边大声说:"我去了,同志们不要流泪,更不要悲伤,要坚持革命,我在另一个世界等着你们胜利的消息。"

曼曼在这时突然被惊醒了,她眼看着黄励阿姨被押出牢门,不知发生了什么,急忙跑到牢门口喊:"黄阿姨,你到哪里去呀? 我还想听你唱歌呢!"说着竟大哭起来。

黄励不由停下了脚步,本来她是不想惊醒熟睡的曼曼的,她毕竟是孩子,不能让她的眼睛过多地看到暴力,可曼曼还是醒了。

曼曼的哭声让黄励本想说的安慰话突然堵在喉咙口,再也说不出来了。 她最后看了一眼曼曼,向她招了招手,她本想微笑,可就要溢出的眼泪让她的微笑变成了苦笑,她不想让任何人看到自己苦笑的脸,于是她快速转身离去,步伐是那样坚毅。

在狱中看守押着黄励走向囚车时,黄励仍不停地宣传,她边走边对押送的宪兵说:"我真同情你们,你们都是穷苦人出身,为了吃饭不得不来这里卖命。 你们知道共产党是干什么的吗? 共产党是为穷人谋幸福的，国民党杀害共产党人，就是不让中国的穷苦人翻身。你们被国民党当枪使了，杀了那么多的共产党和革命者，天下的共产党和革命者能杀得完吗？他们如雨后春笋，生生不息，你们应该好好想一想自己的后路了。"

一个宪兵用力推了黄励一把，吼道："少啰嗦，马上就送你去见阎王了。"

黄励被推上了囚车，囚车快速驶出宪兵司令部，发疯般向雨花台奔去。

尽管死到临头了，黄励仍不忘自己的义务，始终对押解她的士兵做最后的革命宣传。

黄励在车上说："我们共产党人一心爱国，为了收复东北失地，反对投降政策，国民党反动派就要杀我们，但中国的革命者是杀不完的……你们虽然端国民党的饭碗、握国民党的枪，可你们也是穷苦人，大家起来斗争吧！中国一定会建成一个没有剥削没有压迫、不被外敌欺负的富强国家的。"

黄励说着，忍不住唱起了《国际歌》："这是最后的斗争，团结起来到明天，英特纳雄耐尔就一定要实现！……"

押送的宪兵没有制止黄励唱《国际歌》，他们的内心显然已被眼前这位坚强不屈的女共产党感染了。如果说人生最宝贵的就是生命，那么他们已经在看守所看惯了共产党人视共产主义事业比自己的生命还宝贵，更在雨花台见识了共产党人为了自己的信仰而慷慨赴死，他们真是一群吃了秤砣铁了心的共产主义战士，他们的勇敢无畏已经超出了人类的极限，他们的行为实在令人感动又令人害怕。

雨花台的清晨雾气蒙蒙，太阳隐在云层后面，太阳不忍看一个手无寸铁的年轻美丽的女人被持枪荷弹的宪兵屠杀，就因为她是共产党，就因为她信仰共产主义，就因为她为穷人谋幸福……

露珠在哭泣，它哭湿了黄励的鞋子。

鸟儿在哭泣，它的鸣叫如泣如诉。

树木在哭泣，树枝左右摇摆飘忽不定。

风在哭泣，它在斥责枪杀一个如此年轻的女共产党员，天理难容！……

黄励从囚车上被推下来就不停地高呼口号："打倒卖国政府！""打倒国民党！""共产主义万岁！……"

口号声响遏云霄，在天地间回荡。

一切都好像静止了，举枪的宪兵双手突然颤抖起来，似瞄不准目标了，他的内心深处也许不忍枪杀这样一个年轻忠诚正义的女人，就因为她所追求的共产主义与国民党背道而驰。

枪终于响了……树上的鸟儿忽啦啦惊飞起来，鸟儿们扑棱着翅膀望着被枪击倒的年轻女人，她喉咙呼出的口号仍在天地间回荡，盖过了鸟儿们的叫声。

一个年轻的生命就这样被刽子手活生生剥夺了，只因为她爱祖国爱人民、追求和信仰共产主义……

1933年7月，似是很不平凡的月份，国共两党的斗争趋于白热化，7月18日，蒋介石开办庐山军官训练团。

7月24日，中共发出粉碎第五次"围剿"决议。

7月26日，黄励牺牲后二十天，张良诚也在南京宪兵司令部遭秘密杀害。

令宪兵司令谷正伦吃惊的是，秘密处决张良诚时，他竟像共产党人一样高呼口号："打倒蒋介石！"

"打倒谷正伦！"

……

张良诚的喊声冲破屋顶，震动了整个宪兵司令部看守所，这让谷正伦很没面子，他恼羞成怒，恨不能再给张良诚罪加一等，但张良诚人已化灰，无从加刑，谷正伦便命令将张良诚的抚恤金撤销，以挽回自己的面子。

张良诚被秘密处决之事震动了监狱内外，有一名看守，也曾帮政治犯递过条子，担心自己受牵连，便悄悄逃离看守所，潜伏市井。 同时，看守该所的一营驻军人心浮动，谷正伦担心其生变，迅速将全营调往汤山驻扎。

金国南是姚慕儒所长的文书，他与张良诚是同乡，同时又是张良诚的好友，他得知好友张良诚的死讯后，以继续求学为名立即向姚慕儒提出辞职，当即被批准。

金国南离开看守所后，第一件事就是以夏之栩弟弟夏超的名义去南京国民党模范监狱探监，此时夏之栩、帅孟奇等人已转移到了这里，他把张良诚牺牲的消息告诉了她们，闻此噩耗她们都痛心不已。

金国南后来考进一所学校，1937年被关进了南京反省院，抗日战争爆发后，经南京八路军办事处保释出狱，随即去延安抗日军政大学学习，参加八路军，走上了革命的道路，他的革命之路，正是受了黄励和张良诚的精神鼓舞。

1931年至1933年，国共两党的斗争已近白热化，国民党疯狂屠杀共产党人，自黄励被杀之后，8月29日，罗登贤英勇就义于南京雨花台，9月21日，中国共产党工人领袖邓中夏，在南京雨花台被处决。

邓中夏是中国共产党的创始人之一，是中国工人运动的开拓者和杰出的工人运动领袖，在中共二大和五大上当选为中央委员，在中共三大和六大上当选为中央候补委员，八七会议上当选为中央临时政治局候补委员。

在雨花台牺牲的烈士何止万千，正如黄励烈士所抒写的"雨花台雨花台，红骨都在那里埋"。

妻子黄励的牺牲深深震撼了狱中的杨放之，在相当长的一段时间他都沉默不语，他在心里跟妻子告别，让她放心走好，她未竟的事业他会继续完成。

悲愤使杨放之的革命意志更加坚定，宁肯像妻子一样牺牲也绝不当叛徒。

1935年10月，经组织营救，杨放之获释出狱，到上海郊区一所小学一边休养一边教书。身体康复后,他立即找到上海的党组织负责人周扬,投入他领导下的上海左翼文化运动,担任中央文委(上海)委员。从这时起,杨放之经常使用吴敏这个名字发表文章,并逐渐以笔名为人所知。

杨放之曾说:"黄励在三十年代是最突出的,好像天空中的一颗明星,照亮了监狱里的黑暗。"

在此,笔者想说,英烈黄励至今仍是一颗闪亮的明星,驱散黑暗,照亮人心。

参考文献

1. 《雨花台女烈士黄励狱中斗争记》,《法制时报》2013年2月18日;
2. 《我所知道的中国革命互济会》,黄静汶刊于《武汉文史资料》,2011年第9期;
3. 《陈赓在1933年被捕后的日子里》人民网"党史频道"
4. 《党的好女儿——纪念黄励同志英勇就义二十五周年》,黄静汶著,刊于《中国工人》,1958年第12期;
6. 《帅孟奇忆黄励同志》,刊于《红旗飘飘》第7期,1964年10月17日手抄本雨花台烈士陵园管理处提供;
7. 《什么时候都应该讲马列主义——记烈士黄励》,刊于《工农兵评论》,1976年2期;
8. 《1977年1月17日与杨放之谈话记录》,雨花台烈士陵园管理处提供;
9. 《杨放之同志谈黄励烈士为什么具有反抗性和树立共产主义人生观的问题》,1982年11月6日于中组部招待所,雨花台烈士陵园管理处提供。
10. 《杨放之同志谈黄励烈士生前情况——1983年6月3日晚》,雨花台烈士陵园管理处提供。
11. 《黄励的情况——陈修良1970年5月30日证明材料》,雨花台烈士陵园管理处提供;

12. 《关于黄励烈士的一些情况——杨放之1969年12月30日》，雨花台烈士陵园管理处提供；
13. 《黄励烈士传——杨放之、黄静汶合著》，雨花台烈士陵园管理处提供；
14. 钱江《杨放之——晋冀鲁"人民日报"总编辑》，《党史博览》2008年第12期。